译文纪实

ルポ 東大女子

おおた としまさ

［日］太田敏正 著　　　　　应婧超 译

东大女子

上海译文出版社

序　言

在一个昭和式发展（高速经济成长期到泡沫经济时期）的社会中，要想从激烈的竞争中取胜，高偏差值①和家庭主妇是不可或缺的。因此升学考试竞争愈演愈烈，而女性进入家庭也成为一种社会刚需。

但昭和式发展的社会已经终结，而且终结已久。现在有关"工作方式改革"和"大学入学考试改革"的讨论终于同时提上了日程。所谓"工作方式改革"，就是寻找一种不依赖家庭主妇的社会运转方式；所谓"大学入学考试改革"，就是对偏差值的过敏反应进行对因治疗。

基于同样的问题意识，2016年在拙著《父亲们的挣扎》中，我描写了在职场上雷厉风行的男人在成为父亲的那一瞬间起，就掉入工作和家庭的夹缝中，露出左右为难、两头受气的窘样。同样，在《塾历社会》中，我描写了在过度的竞争教育中由于对学历和偏差值的执念而产生的社会性扭曲。本书的构思则是立足于以上两本书的延长线交点之上。

"东大女子"，是一群站在偏差值金字塔层级的顶端，拥有开阔的视野和众多人生选项的女性。她们可以选择在强手如林的竞争社会打拼，也可以选择成为一名家庭主妇。如果就连这样的她们也有着各种挣扎、觉得生活艰难的话，那整个社会就更不必说了。可以说，"东大女子"是社会矛盾的缩影，而这个词语的存在本身，原也就是社会矛盾的一种表现。如果能让这个词终结，或许就能打破这个社会的闭塞感了。本书的目标就在于此。

本书第1章将主要概述"东大女子"所面对的世人的眼光和她们所处的境况。第2章通过在校东大生的现身说法来还原当下的"东大女子"的真实图景。第3章根据处在不同人生阶段的东大女性毕业生的经验之谈来观察"东大女子"和社会的联系。第4章则将海外的争论也纳入讨论的范畴，揭开"东大女子"这一四字短语中所包含的不和谐音的神秘面纱。

今天，我们正面临着"女性发展""少子化""性别差距""塾历社会""竞争教育""教育不平等"等错综复杂的社会课题。在本书中，我将从"东大女子"的视角切入，探明这些问题的本质。

---

① 偏差值是一种利用标准分算法得到的与排名挂钩的数值，用于衡量日本升学时考生的分数排位。——译注（本书注释均为译注，下同。）

目　录

第1章　拒绝"东大女子"的东大社团

"我们的存在他们看不见"

2016年3月，东京大学副校长就学生的社团活动发表了一封致学生的公开信。

这封信首先确认了《东京大学宪章》里的规定，即保障东京大学的成员不因国籍、性别、年龄、语言、宗教、政见、出身、财产、社会地位、婚姻地位、家庭地位、残疾、病患、经历等事由遭受歧视，并做出如下告诫：

> 非常遗憾，有部分学生社团，即使本校学生希望加入，也会因为性别、国籍、年龄等条件，被拒之门外。
>
> ……………
>
> 希望同学们在开展社团活动时，秉持上述宪章之理念，重新确认其中应有之义，并且落实到4月之后的招新活动和自主活动中去。

在东大，女生无法加入某些社团，似乎理所应当。这个现象引起了广泛关注。比较有名的是网球社团。东大男生可以加入的网球社团多达20个以上，其中愿意接纳东大本校女生的，实际上只有"TOMATO"和"SPO爱"两个。其他社团基本上由东大男生和知名女子大学女生组成，谓之校际网球社团，也有人把它们叫做"相亲社团"。

知名女子大学主要包括白百合（白百合女子大学）、圣心（圣心女子大学）、清泉（清泉女子大学）、昭和（昭和女子大学）、东女（东京女子大学）、本女（日本女子大学）、御茶（御茶水女子大学）等。尤其白百合、圣心、清泉这三所，是被称作"3S"的"大牌"女校。

拿四大校际社团举例来说，它们各自都有相对应的合作女子大学。"WEEKEND"的"对象"是白百合，"ALLDC"的"对象"是圣心、本女和御茶，"SUN FRIEND"的"对象"是圣心、清泉和东女，"LEMON SMASH"的"对象"是本女和御茶。

一位在校的东大女生见怪不怪地说："校际网球社团的男生们，就是假装我们东大女生不存在。"

年过三十的东大女毕业生证实，上述情况并不是最近才出现。"当时大一选社团，听说在东大有女生不能参加的网球社团，我觉得很诧异。不过因为我本来就对网球社团没有兴趣，所以也没有多在意，只是觉得'啊？什么情况？'（笑）。那样的规定居然可以在东大校园里横行，我对这事本身感到非常惊讶。"

乍一看这里面好像存在男女不平等，但是一位年过四十、过去曾是东大校际网球社团成员的男性这样解释："东大本来女生就少，要想在社团里保持同等的男女比例，是不可能兼顾到所有网球社团的。所以只能从外面招女生进来。"

他说这就是校际社团出现的缘由。可如果单纯为了凑人数，为什么要把东大本校的女生从中剔除呢？

"把女子大学的女生和东大的女生放一起，还是很容易出现区别对待。社团活动本来就有在校内交校外朋友的目的。而为数不多的东大女生一旦分散到众多社团当中，她们彼此之间的横向联系就很难形成。于是出现了校际合作的社团和东大女生扎堆的社团两极分化的现象。"

2017年东大的女生比例不足二成。不是因为东大男生喜欢排挤东大女生，而是东大女生本来就少而导致的必然结果——这种说法是有一定道理的。

从这个角度看，开头的公开信也可以被认为是大学对学生提出的无理要求。事实上，社团活动的实际情况到现在也没有丝毫改变。

限定女生的房租补贴是逆向歧视？

面对不平衡的男女比例，东大并没有置身事外。政府规定，"到2020年，社会各个领域的管理层中女性所占比例不得低于30%"。遵循这一方针，大学也制定了"到2020年将女生比例提高到30%"的目标。

然而，截止到2017年5月1日，东大本科学生中的女性比例只有19.4%。在七所旧帝大[①]后身的国立大学中排名垫底。

[①] 指东京帝国大学、京都帝国大学、东北帝国大学、九州帝国大学、北海道帝国大学、大阪帝国大学、名古屋帝国大学。这七所旧帝大是日本明治维新后在全国各大中心城市设立的综合性国立大学。二战后，为了消除军国主义思想的影响，官方名称中均摘除了"帝国"二字。

京都大学的女生比例为22.4%，一桥大学为28.3%，东京工业大学为13.1%，东京外国语大学为65.6%，庆应义塾大学为35.5%，早稻田大学为37.8%。被视为世界顶级大学的哈佛、耶鲁、普林斯顿、斯坦福、剑桥、牛津的本科生男女比例基本都是对半开的。就算是以理科见长的麻省理工学院，女生也占46%。

2010年《朝日新闻》出版发行了一本杂志书《去东大吧》，其封面照片里的东大生全是女性。校方的意图非常明显，希望展示全新的面貌来吸引更多的女性考生。同时，校方还积极派遣在校的东大女生到各自的母校演讲，组织专门面向女高中生的大学说明会和校园开放日，甚至还发放面向女生的大学宣传册。

"皋月会"是仅限女生的同学会组织，成立于1961年。它和大学合作支持东大女生，并开展活动吸引更多女生前来报考。2012年它设立了自己的奖学金制度，向家住外地的女生提供为期四年、每月3万日元的奖学金。这个奖学金是"预约型"，即在正式考试前就根据学生的学习成绩、经济状况、小论文等进行筛选，确定名单。奖学金无需偿还。除此之外，还有入学之后可以申请的奖学金制度，在学期间每月补助3万日元，也无需偿还。[①]

即便如此，东大的女生数量也没有增加。

---

① 日本的奖学金通常需要在毕业后分期偿还，类似低息贷款。

本科学生中女性所占比例（截至2017年5月1日）

		在籍人数	男	女	女性比例
前期课程（大一、大二）·教养学部		6 686	5 368	1 318	19.7%
后期课程（大三、大四）	法学部	929	749	180	19.4%
	医学院医学科	457	384	73	16.0%
	医学部健康综合科学科	35	15	20	57.1%
	工学部	2 186	1 946	240	11.0%
	文学部	760	537	223	29.3%
	理学部	630	555	75	11.9%
	农学部（除兽医学课程）	532	424	108	20.3%
	农学部（兽医学课程）	114	67	47	41.2%
	经济学部	748	618	130	17.4%
	教养学部	513	338	175	34.1%
	教育学部	230	150	80	34.8%
	药学部（除药学科）	159	128	31	19.5%
	药学部（药学科）	23	12	11	47.8%

※ 数据来自东京大学官网

2002年成立的东京大学男女共同参与规划室，于2013年发表了《东京大学男女共同参与基本计划》。根据这份报告，可以看出近三十五年来，本科学生的女性比例从1982年5月1日的7%增加到近乎3倍。可是,其实2003年的数据就到了18%,2005年超过了19%,之后几乎呈水平线状态不再变动。

"二成的女生比"就像一堵无法逾越的高墙。

于是,2016年11月,东大又为独自生活的女生制定了一项新制度,为她们提供每个月3万日元的房租补贴。

但很多人批评这项制度是对男性考生的逆向歧视。同为新生,女生有钱拿男生却没有。如果只看这一点的话,确实不公平。但问题不止于此。

《东大美女图鉴》旅行策划被喷事件

2017年5月,《东大美女图鉴》和HIS旅行社的合作策划案在网上掀起轩然大波。

《东大美女图鉴》是名为"STEMS UT"的东大社团发行的写真杂志。这个社团的活动内容主要是挖掘"才貌兼备的东大美女",对她们进行采访拍照,在每年5月和11月的东大学园祭"五月祭"和"驹场祭"上正式发售。该杂志在校园内的书店里也可以买到。

STEMS UT主页上有这样一句话:"我们的目标是通过提升东大女生的形象,助力女生比例仅18.2%(2012年)的东大增加女生报考人数。"

在网上被喷的策划,具体内容是,在HIS报名旅行就能获得一项额外的服务项目,《东大美女图鉴》里的"东大美女"会在国际航线的机舱内,坐在你旁边告诉你目的地城市的历史,和你天南地北地聊各种有趣的知识。

然而这项活动一公布，顷刻之间就掀起了轩然大波。HIS当天决定叫停策划，发布如下道歉声明："对于本次策划内容给大家带来的不愉快，我们深表歉意。"

可这项策划具体是哪部分内容让公众感到不愉快，网上却没有一个明确的说法。我们可以看到诸如性骚扰、性别歧视、女性商品化这些关键词，但各自的槽点略不相同，批判指向的矛头也各种各样，有人批HIS，有人批东大美女，有人批STEMS UT。

活动中止后，网上依然有很多人在讨论"到底是什么内容让人感到不愉快"。其中有一种说法是"如果不是'东大美女'，应该就不会被喷上热搜了"。可见"东大美女"这个词语本身就蕴含了让人心躁动的力量。

世人对"东大女子"的过敏反应

几乎同时，还有一位"东大女子"也上了热搜。她就是前国会议员丰田真由子。丰田女士因其对前秘书的粗暴言行被《新潮周刊》曝光，离开了自民党，在之后的众议员选举中也落选了。她从东大法学部毕业后就职于厚生省（现在的厚生劳动省），并以国费留学生的身份取得了哈佛大学的硕士学位，继而进军政坛。

紧随其后被《文春周刊》盯上的，也是东大法学部毕业的前检察官，山尾志樱里议员。她因为被认为有婚外情的嫌疑而离开了民进党，但在随后的众议员选举中以无党派的身份再次当选。

粗暴言行，婚外情嫌疑，与"东大女子"这个身份背景当然没有关系。

出口成"脏"、有婚外情嫌疑的东大毕业男性,不胜枚举。问题是,如果是男性,一般不会刻意强调他从东大毕业。反之,如果东大毕业的女性出了问题,东大毕业的背景就很容易被人为放大。

因过劳而自杀的电通员工高桥茉莉也是"东大女子"。知名企业的员工因为过劳而自杀的情况也有不少,高桥的死之所以给社会带来了巨大的冲击,跟她曾经是外人眼中光彩夺目的年轻"东大女子"这层背景分不开。

另一方面,也有部分人认为正是因为高桥毕业于东大,才让事情恶化到了不可挽回的地步。"应该是不知道人生中还有逃避这个选项吧""估计从来没有经历过挫折""还可能是对自己的能力过分自信了""也许她以为只要努力就可以无所不能""也或许是自尊心太强",诸如此类言论纷纷出现。

有了"东大女子"的标签,就算是对高桥本人一无所知的路人,也会不由自主地揣测她的性格大放厥词。这正体现了世人对"东大女子"所抱有的刻板印象。

以下引用三位东大女毕业生著作中的重要段落,来梳理"东大女子"的自我认知和世人对她们的看法。

什么是在现实社会中发挥威力的"东大女子力"?

在《对不起,我是东大毕业生》(中央公论新社,2012年)一书中,作者中本千晶将东大生的优势归纳为以下四点,称作"东大力"。她本人就是一名东大女毕业生。

- 针对给定课题,认真理解其本质
- 充分把控可能影响课题完成情况的主要因素,作为执行之基础
- 制定详细的日程表,按计划有条不紊地推进计划
- 以无可挑剔的高水准完成任务的能力

反之,他们的缺点有以下三项:

1. 因为不愿走弯路而吃亏
2. 找不到自己人生的"课题"
3. 不懂流行文化,爱钻牛角尖

她在书里还以自嘲的方式调侃东大生们的苦恼和世人对他们的刻板印象。

> 东大毕业的学历是难以启齿的。有时我甚至觉得"这可能是全日本最尴尬的标签"。
>
> 东大毕业生应该都经历过,因为说了学校名字而冷场,使自己和对方之间竖起一堵无形高墙,总结出"东大毕业的学历最好不要轻易脱口而出"的教训。这正是东大毕业生因学历过高而导致的"逆向学历自卑情结"。
>
> 因为有了这层标签,别人就看不到真实的自己,这一点让人觉得很痛苦。另一方面,同样令人感到痛苦的是,真实的自己并不符合世人的期待。不论哪种情况,东大生的一个坏毛病就是"过于在乎他人的评价"。

中本把这种心理叫做"逆向学历自卑情结",算是很常见的"东大生那些事"。具体到女性的话如下:

> 一旦大学毕业进入社会,多数女性都会因"学历"被议论纷纷。
>
> "她东大毕业?估计不食人间烟火吧。"
>
> "她东大毕业?那琐碎的杂事都不好拜托她做呢。"
>
> "东大毕业的女生?跟我们肯定不是一类人。"

因而女性要想克服"逆向学历自卑情结"往往更加困难。

> 通常她们最后都会选择进入"男权社会"。但东大女性并不会鲁莽地主张"男女平权"。因为她们知道,那样的话一定会被人狠狠地怼回来说:"东大毕业就了不起吗!"
>
> 这种时候,大学期间培养的技能就派上用场了。她们一边用巧妙的"扮公主"演技跟男性相处,一边毫不留情地展示自己真正的实力。这正是"东大女子"才有的"生存智慧"……"东大女子力"。

不过也存在一些陷阱。特别是想要兼顾工作和家庭的情况下。

> 如果过分执着于表面的平衡,什么都想得到,最后的结果很可能是什么都做不好,甚至迷失自我。这类人感觉就像同时被"东大生该有的样子""女性该有的样子"这两个

项圈紧紧箍住，不得动弹。

若是想在某个方面做到满分，就必然要舍弃另一些东西。女性的人生，不像东大的入学考试，只需要平衡五门课程七门科目，考个好分数就能笑到最后。

中本认为"东大女子"也在变化，就像一面"反映时代的镜子"。

以前，东大毕业的女性可谓是名副其实的"珍稀品种"……为了提高职场和家庭中的女性地位，她们不得不正面向社会发起挑战。

到了我们这个时代，在公司和家庭之间游刃有余的终极"现充"①已然成为东大毕业女性的主流。不过很多时候，人们在场面上说期待女性职场上的成功，心底里还是渴望"女性的温柔"。背负着"东大毕业"的沉重外壳，在这样一个社会上走钢丝其实是很不容易的。

不过我预想今后会有更多自由大胆的东大毕业女性，敢于正面跟人叫板"在下东大女子，有何贵干？"

……

是的。"东大女子"一直以来过于谨小慎微了。希望她们今后可以活得更加坦荡无畏。

中本生于1967年。她在书里提到，自己步入社会后至少花

---

① 日语原文是"リア充"，指现实生活非常充实的人。

了十年时间才完全掌握了"东大女子力"的正确使用方法。接下来看看另外两本书。这两本书都是20世纪80年代中期出生的"东大女子"在步入社会十年左右的人生节点上写的,从中我们可以读到她们是如何在"东大生"和"女性"的双重身份中激烈挣扎。

"女孩子嘛,还是别去东大,去庆应吧?"

《好精英,坏精英》(新潮社,2015年)这本书生动地描写了"东大女子"在被世人强加的刻板印象和自我形象之间的落差。

作者山口真由,生于1983年,东大法学部在读期间就通过了司法考试和国家公务员一类考试,而且还以全"优"的成绩成为首席毕业生。她先是就职于被称为中央官厅金字塔尖的财务省,后来转型成了一名律师。加之她外形出众,几乎所有著书的封面用的都是她自己的照片,是公认的"超级东大女子"。

首先值得一提的是,当她告诉妈妈自己要考东大时妈妈的反应。

"女孩子嘛,还是别去东大,去庆应吧?"

山口回想说,当时还是高中生,以为这只是一句随口的玩笑,现在大概能明白母亲的意思了。

男性在劳动市场的价值和在婚姻市场的价值是成正比的。但女性却不尽然。劳动市场上的升值,甚至反而会让她在婚姻市场上贬值。因此，考进东大拿到好成绩，可能会与传统的"女性幸福"发生冲突。

不只女性，里面也写到了世人对东大生的偏见。

> "东大生，会学习但不会工作。"
> "东大生，就是脑子聪明，但不懂变通。"
> 这样的声音经常听到。
> 我不否认东大生里也有做不好工作的人，但这种情况不应该只发生在东大生身上。京大、早大、庆应、日大，肯定也都有做不好工作或是不懂变通的人。只不过，如果是东大生就会很显眼。仅此而已。

此外，书里还论述了东大生的弱点。

> 东大毕业生，前二十多年的人生里一直是竞争的胜者。在得不到认可的时候，不懂得如何让自己振作起来。因为之前的生活经历没有这种需要，而且东大毕业生对自己的评价很高，当自我评价和来自周围的评价之间出现巨大落差时，自然难以接受。
> 说实话，我自己也曾经因为这种落差而苦恼过。如果周围人对自己的评价过低，当然会感到不满；相反，如果评价过高又会觉得心虚。

关于"女子"的部分如下：

大学毕业之后，在一场酒会上，有位男性问了这样一个问题。

"一个东大首席毕业的女人和一个傻白甜的女人，结婚的话你们选哪个？"

在场的所有男性都选了"傻白甜"。

但紧接着，山口这样写道：

可面对这样的男性，我却没办法正面反驳。因为我们也有跟他们一样的想法。

男性对女性有"梦中情人"的期待。他们对"梦中情人"的想象和"东大女子"对不上号，让人觉得心里不平衡。但同样的，女性对男性也有"梦中情人"的想象，所以女性也需要做出改变。

滋生男女间不对称性的因素，不仅仅在男性的心里，也存在于女性的心里。

高学历女性容易陷入的困境

《"育儿假世代"的困境》（光文社，2014年）这本书用更加明快有力的话语做了类似的阐述。"育儿假世代"是指2000年之后就职、生育的一代人，因为这时候《男女雇佣机会均等法》《育儿看护休业法》等修订法案纷纷出台，"育儿假"开始在社会上普及。

这样看起来女性好像在择业上摆脱了性别社会化的束缚，但还是存在一个两难困境，即哪怕女方没有"女主内"的想法，可由于"男主外"的思想根深蒂固，出于对男权社会和丈夫工作的理解，育儿资源还是得不到保障。

　　……

　　其结果是，生完孩子后也不得不容忍和支持丈夫的"男性角色"。这里的问题，并不是"性别分工意识"的根深蒂固，而是男性养家糊口的责任感和在男权社会中的身不由己，以及妻子对此的理解，还包括他们心底里对"女性气质"的厌恶。

　　作者中野圆佳，生于1984年，东大教育学部毕业后，进入报社工作。工作第六年怀孕生子之际，遭遇了各种限制，也经历了几番挣扎。

　　让我决定写这本书的原因是焦躁。那些随便指手画脚的人，让我感到焦躁。面对那些人不能做出适当回应的自己，也让我感到焦躁。

　　……

　　我要讲述一个跟男人一样在职场上一路拼搏过来的行政岗位女性的"不甘心"及其不甘之所在。因为有些人总会说，你跟非正式员工比"已经很幸运了"，"这是你自己选择的结果"。

　　……

　　或许，是的。我们就是一群不懂人情世故、按照大人的要求一路学习一路竞争、空虚寂寞的好学生。

可是，就算如此，正因如此，这也不单单是我们自己的问题，曾经的好学生不得不以泪洗面，这里也有社会结构的问题吧。

这些"好学生"的大多数，是一以贯之的好学生，所以也绝对不会站出来为自己发声。

不为自己发声的好学生的生存智慧，这正是《对不起，我是东大毕业生》作者中本所说的"东大女子力"。

中野决定为自己发声。她探讨高学历女性的痛苦，不是作为一个个体的经历，而是作为一个社会结构的问题来分析。她怀着九个月的身孕去参加研究生考试，采访了十五名高学历女性，完成了她的硕士论文，于是有了这本书。

全书行文是逻辑严谨的学术写作风格，但字里行间依然透露出她因考上了东大而面临的激烈挣扎。在怀孕、生育的人生阶段，高学历男性在成家之后理所当然地继续着以工作为中心的生活，而同样一路奋斗过来的女性则在家庭和工作之间疲惫不堪。

其实，现代男性也有同样的烦恼。在拙著《父亲们的挣扎》（PHP研究所，2016年）中我对此做了刻画。向来在职场上雷厉风行的男性一旦成为父亲，想要参与带孩子和做家务，就会陷入工作和家庭的两难。这里面的社会结构基本是男女共通的。

中野在书的结尾一针见血地指出日本教育的问题所在：

总而言之，这个社会不是平等地看待女性和男性，而是想"把"女性也"看成"是男性。所以在获取学历和社会地位上，对女性也提出了跟男性一样的"平等"要求。

……

男女平等在教育阶段看似在逐步落实。但是，潜在于社会中的竞争模式和秩序本就是男性中心主义的，照料责任和女性在家庭领域所承担的角色往往不被重视。对此，现在的日本教育体系不但没有提出批判，甚至可以说是这一现象的共犯。

如果说日本教育体系的金字塔尖是东大的话，那么"东大"就是"共犯"的祸首。

当然问题不在于作为高等教育机关的东大，而是以"东大"为顶点和象征的偏差值等级制度和背后过度的竞争压力。这才是"共犯"的本质含义。在拙著《塾历社会》（幻冬舍，2016年）中我也描写了让孩子们争着上"东大"的教育体系的现状。

更进一步说，本书《东大女子》的问题意识正是基于《父亲们的挣扎》和《塾历社会》这两本前著的交叉点之上。

中野继续写道：

这里所指向的"男女平等"，并不是生理性别（sex）意义上的。它反映了社会性别（gender）秩序的历史和现状，女性一直以来承担了绝大部分的照料责任，而现在还要和"不负有照料责任的男性"在社会上"公平竞争"。

将这种"倒置的性别社会化"内化的女性，通常要等到怀孕生子，需要承担照料责任的时候才会意识到其中的不平等。

所谓"倒置的性别社会化",就是女性试图否定自己的"女性特质",渴望成为"名誉男性(特殊女性)"的心态。一直以来把自己当作"名誉男性"的高学历女性在直面生育问题的那一刻,会好像突然掉进陷阱里一般,发现"男女平等"的"不平等"。

确保彩票中奖的技巧

为了避免学生事后抱怨对此毫不知情,东大也对他们发出了提醒。最有代表性的是在驹场校区开设的"社会性别论"课程。据说选修这门课的女生是最多的。以下是对开课老师东京大学教养学部濑地山角教授的采访。

—— 请您介绍一下"社会性别论"这门课的主要内容。

濑地山:这门课的前半部分是"性向篇",后半部分是"社会性别篇"。主要包括恋爱和性、避孕、结婚离婚等话题,作为拓展,还会涉及性少数群体,偶尔也会讲到性的商品化。在后半的"性别篇"中,会先对女性的劳动模式做一个国际间的比较,然后大家一起思考日本女性和男性的生命历程。

偶尔也会碰到想成为家庭主妇的"东大女子"。这不是坏事,自己决定就好。但是再细想一下,如果大家生完第一个孩子还是以正式员工的身份继续工作,之后能挣到的工资大概是3亿日元，相当于大型彩票百分之百的中奖机会。所以说，成为家庭主妇是大家的自由，但你们也要知道这个决定相当于拿3亿日元打水漂。如果男朋友让你"进入家庭"，你就问问他"你有本事另外再挣3亿日元吗?"(笑)。

然后换到男生的角度来看，日本双职工家庭的日均家务时间，女性是5小时，男性是40分钟左右，合计约6小时。除以2是3小时。也就是说男性每天3小时的家务可以保障女性的全职工作。如果妻子一年能挣1 000万日元回来，你们家务劳动的时薪就相当于是1万日元。

——　男性的家务劳动，时薪1万日元?

濑地山：按1天3小时×350天来算，一年用于家务育儿的时间大约是1 000小时。1 000小时的付出换来1 000万日元的进账，所以说时薪1万日元。比大部分公司的加班费要高。

因此从家庭预算的角度来看，比起留在"某某商事"加班，不如早点回家做饭会更加合理。就算妻子的年收入是700万日元，一个月也有60万日元。加班费肯定挣不到这个数，就算能挣到恐怕三个月后你也已经不在人世了(笑)。

GMARCH(学习院大学、明治大学、青山学院大学、立教大学、中央大学、法政大学)级别以上大学毕业的女性，很多能进到上市公司工作。这些人的年收入能达到700万日元，一生就是2亿日元。这2亿日元的额外收入，需要的只不过是男性2到3小时的家务时间而已。

—— 原来如此。

濑地山：有一个关于结婚生育的全国调查，叫作"出生动向基本调查"。里面有一个问题是关于对人生历程的期待。根据2015年的数据，希望另一半成为家庭主妇的男性和希望成为家庭主妇的女性都在减少。此外，女性对男性的要求，除了"人品"以外，96%都选择了"家务育儿的能力"。这个数据是相当令人惊讶的，选择"学历"的只有54.7%。我在课堂上开玩笑说"看吧，你们的学历还不如家务能力的一半管用"，大家都笑翻了。

—— 我在《父亲们的挣扎》里也引用了这个数据。

濑地山：男生看到这个会受到不少冲击（笑）。另一方面，男性对女性"经济能力"的要求也在增加，2015年的调查结果显示已经超过了四成。估计是越来越多的单身男性感到单靠自己的经济能力不足以养家。

　　拥有家庭主妇，是需要一定经济能力的。按理说，东大男生是为数不多的有能力实现这一可能性的人群。但听我那样说之后，身边的女生在他们眼里好像都变成了一捆捆的钞票。他们会说

"我现在身边有四个……12亿日元!"(笑)。

深信男人会在意学历的"东大女子"

—— 但是,如果学历高的人都跟有同等学历的人结婚,那家庭收入的差距就会拉得更大了。

濑地山:是这样的。现在的趋势就是如此吧。

—— 我有在一篇文章里看到您评论说"'东大女子'可以多关注一下哪怕学历和收入不是很高,但家务育儿能力很强的人"。

濑地山:可惜这种情况很少,基本不会发生。

—— 是啊。跟东大的女生聊天的时候,也会听她们说"感觉早庆(早稻田、庆应)也还行吧"。哦,原来她们要求的"至少也得是早庆!"

濑地山:我没有听她们自己说过"早庆也还行吧"。如果是早庆的话感觉她们是完全没问题的。只不过据我观察,很多时候其实是"东大女子"会过分在意"对方可能会在意……"这件事情。

—— 东大的女生自己觉得"对方会在意"对吧?

濑地山:对的。

—— 言归正传。您说后半的"社会性别篇",主题是生命历程。

濑地山：还会说到《男女雇佣机会均等法》，给他们看相关的纪录片 *Project X*。让他们知道现在的就职战线是从那时开始的。参与其中的，大多是东大毕业的女性。

　　不管是女生还是男生，当他们知道那段历史和自己的关系，都会产生一种使命感，或是受到一些启发。

——　　"社会性别论"讲座里面，有您想要直接传达给面前的东大生们的信息吗？

濑地山：1999 年，《男女共同参与社会基本法》出台，东京大学也需要采取相应的对策。开设同时面向文理科学生的"社会性别论"这门课，就是教养学部推出的一项新举措。

　　具体来说，之前发生了一起东大生的强奸案。一桥大学还发生了性少数者研究生自杀的事件。像这样的事情是绝对要采取预防措施的。作为一门应政策要求而开设的课程，我认为这就是这门课被赋予的使命。

　　所以在前半的"性向篇"中，我会花不少时间来讲这些问题。比如，在性关系中只要不是明确的"yes"就应该理解为"no"，围绕性自主权的基本议题，以及避孕的问题。

　　后半的"社会性别篇"会把重点放在学生们对

生命历程的理解和思考。一条重要的人生分界线是在生完第一个孩子以后。

生完孩子就辞职，这种习惯在世界范围里是较为特殊的，既没有生物学上的依据，也完全没有学术上的合理性，只不过大家都被束缚在这种思维模式里面。

课上我们会具体讨论，如果女性希望在生孩子后继续工作，那她应该选择什么样的公司，以及什么样的工作方式。

我会一边指着平均初婚年龄，一边跟她们说："千万不要犯傻跟现在的男朋友结婚。还有十年呢，别那么着急。"（笑）

还有一个有冲击性的话题就是离婚。

—— 离婚这个话题我没怎么碰过。

濑地山：2016年的"离结比"（离婚对数除以结婚对数）为35%。有人会说，又不是结了婚的人当年就离婚，这种计算方式说明不了问题。话虽如此，但这个离结比从1998年开始连续十九年都超过了三成。一朗①的三成打击率保持了十七年。这年头结婚，拿棒球来打比方的话，就好像一个上场的投手，而他要迎战的打者是全盛时期的一朗，形势是非常不利的。离婚的实力就是如此强劲（笑）。

---

① 铃木一朗，日本著名的职业棒球选手，吉尼斯世界纪录保持者，有"安打制造机"之称。

我会跟他们说:"你悄悄低头瞟一眼两边的人,三个人里面有一个会离婚。"然后接着告诉他们:"抱歉,忘说一件重要的事情,就是四个男人里有一个连婚都结不了。"(笑)

也就是说,四个男人里有一个结不了婚,结了婚的三个人里有一个会离婚。所以,我会适当地让他们思考一下以离婚为前提的生命历程。因为面对打击率三成五的打者,试图不让对手击出任何一支安打,这样的计划风险实在是太大了。

"纯种社团"对女生的优待

—— 校际社团拒绝东大本校的女生的加入,这一问题现在受到广泛关注,是有什么背景吗?

濑地山:因为大学出台了官方文件。作为大学,早就应该这么做了。海外对此也有诸多批评。

但是,除此之外,大学也做不了更多的事了。如果挨个地去整顿,就会变成是大学当局对学生活动的介入。那又是另一个问题了。

几年前,一个叫作"Green"的知名网球社团,因为醉酒引发死亡的案件而解散。原本就为数不多的"纯种社团"变得更少了。因此,女生的选项也变得非常有限。

—— 想必对东大的女生来说是难以接受的。而对男生来说,主要就是个人选择的问题,是吗?

濑地山:肯定有人想去校际社团,有人不想。具体到网球来说,加入纯种社团是非常困难的。"TOMATO"和"SPO爱"都有针对男生的技能测试。有经验的人才能加入。对女生则是无门槛。

考虑到4:1的男女比例,优待女生也不是不能理解。但其结果是,没有网球经验的男生就无法加入有东大本校女生参加的网球社团。对男生来说也是一种不幸。

那校际社团有可能做出改变吗?他们每年都从外面的学校招收女生,内部不存在改变的动力。

要说东大男生就没有责任,那也不是。只不过他们也挺可怜的,不这样就完全没有认识女生的机会。尤其是像理科一类①的地方。

根本问题还是女生实在太少了。

给女生提供房租补贴不是逆向歧视

—— 关于给女生提供房租补贴这事,您怎么看?

濑地山:认为这是逆向歧视的人,只怕是没有注意到男性脚下的垫脚石有多高。

男生可以在本地的公立高中复读一年再考入

---

① 东京大学本科入学时分六个科类。文科一类对应法学部,文科二类对应商学经济学部,文科三类对应文学教育学部;理科一类对应理工学部,理科二类对应农学部药学部,理科三类对应医学部。

东大,但能这样做的女生微乎其微。因为女生需要承受家里人"不让去东京""不让上东大"的压力。这类怨言每年都能在课堂上听到。明明有着同等学力,女生却会遭受明显的区别对待,被剥夺受教育的机会。我认为这项措施的意义就在于给这些女生发出一些鼓励的信号。

最直接的做法应该是改善女生的住宿条件。不过与其大兴土木劳民伤财,直接提供房租补贴是一个更加合理的选项。

乍一看感觉像是逆向歧视,当然是可以理解的。只不过其背后存在着结构性的性别歧视。男生拥有的选项,到女生这里就不被承认的情况实在是太多了。

正因如此,这所大学的男女比例才会失衡到4∶1。七所旧帝大里,除了东大和京大(京都大学),女生比例至少也都超过了三成。

结果是,这些优秀的女生最后都被本地的国立大学医学部录取了。提供房租补贴,就是希望吸引这批女生来东大上学。

"东大美女"容易上热搜

—— 《东大美女图鉴》和旅行社的合作企划案,一推出就遭到了大众的强烈批评和抵制,这件事您怎么看?

濑地山:社团的问题跟企划案的问题,要分开来看。

首先是社团推出了这本写真集对吧。肯定会有女生对此感到不舒服。但也不能因此就否定那些自己主动想拍写真的女生，所以这两种意见只能是并存。

　　那个"能坐你旁边吗?"的企划则另当别论。确实是有些简单粗暴了。貌似连当事人都不清楚是这样的内容。

　　看事情光用男性视角，就容易出问题。地方政府的吉祥物广告上热搜，也是同一个模式。

—— 那就是说，虽然这次是"东大美女"，但就算换成普通的"女大学生"也一样会被喷?

濑地山：那作为一项企划案就没多大意思了。因为有"东大"所以才有"意思"。不然写"女大学生"就可以了。反过来说，"东大美女"这个词的冲击力可是比"东大女子"还要强烈得多呢。

—— 所以才吸引了这么多的关注……

濑地山：上热搜一点都不奇怪。

　　这跟我们应该如何看待大学里的选美比赛也是有关系的。我认为选美比赛至少应该得到跟才艺比赛同样的肯定。就像我们夸一个人歌唱得好，长得好看也同样值得赞美。但现实中，和唱歌不同的是，一所大学里只有女生的外表会被评头论足。所以在一些女生看来，这样的赞美是带了一层有色眼镜的。参加不是坏事,反感的人肯定也有。

　　只不过,现在的人们也不是只对女性才有外貌上的要求,所以问题就变得更加复杂了,不是非黑即白的二元思维可以简单判断的。

关于"对方学历"的真心话和场面话

——　在东大,女性是少数派。从人数上来说确实是这样的,毕业后在社会上会遇到歧视这类的问题吗?

濑地山:不是说毕业后会遇到明显的歧视,但很有可能在选择伴侣的阶段感到人生艰难。因为会被嫌弃学历太高。

　　所以"东大女子"会倾向于隐藏自己的出身校,也有不少人相信一定要在大学期间就找好对象。之前的调查数据显示,"东大女子"有七成最后选择跟东大毕业的男性结婚。

——　女性的学历最好不要高过男性,这种风气现在还是存在的吧?

濑地山:这种倾向,对女性来说是学历上升婚,对男性来说是学历下降婚。

　　"ewoman"这个网站,曾经对其女性读者做过调查,问题是"你介意对方的学历比你低吗"。结果收集到的大部分都是政治正确的回答,说自己"不介意"。于是第二天又重新问了一遍,"请说真

心话"，果然，大部分人都改口了（笑）。所以希望
对方的学历比自己高的这种倾向还是存在的。

在这点上，"东大女子"的学历上升婚基本是不
可能的，剩下的就是要不要接受学历下降婚的问题。

我试着问了一下，"东大女子"们都说自己并
不介意。"如果是早庆的话"。不过到GMARCH
级别的话，可能又是另一回事了。不好说。

—— 当面问的话，肯定说自己不介意。不过她们会换
一种说法，"不喜欢说话无聊的男性"。

濑地山：确实经常这么说。

—— 从本质上来看，"说话无聊"和学历之间是不是有
一层隐性关系在里面？

濑地山：不是隐性关系，是有直接的关系。

不过实际上，东大和早大之间绝对没差。不
可能有。哪怕是东京外大和上智，读的书也都差不
多。可以说至少到GMARCH级别都是差不多的。

—— 她们可能就是不直接说"学历"，而是换成"说话
很无趣，聊不到一起"这类说法。但实际上，只要
是普通的知名大学，那样的沟通障碍……

濑地山：是不会发生的。因为她们毕业的高中，同学之间
多少已经有些跨度了。如果这样都聊不到一起，
那高中的同学会上就没办法聊天了（笑）。

——　是不是可以这样说，在"东大女子"的深层潜意识里，存在着一种以偏差值看人的价值观……

濑地山：那肯定是有的。

——　我可以理解，在她们的价值观中，学习好是评价一个人的重要尺度。毕竟她们自己一路努力学习考上了东大。只不过这样一来，哪怕对方是庆应出身，她们也会觉得"肯定是备考期间还不够努力"。这会让人觉得不是很舒服……

濑地山：嗯，这种心态可能确实存在。她们是一批习惯了激烈竞争的人。面对那些在竞争中出局的人，会有一种，应该怎么说呢，就好像是"我可是靠自己的实力爬上来的"感觉。这是一种非常典型的东大生心态，不分男女。

——　最后，还想问一个稍微抽象一点的概念性问题。从社会性别论的角度来看，"东大女子"是什么样的？

濑地山：恰恰相反，从社会性别论的角度来说，我们关心的是为什么"东大女子"会成为一个被讨论的问题。我认为这个问题的存在本身，就很好地说明了她们的生存境况是多么严峻。因为如果换成是"东大生"，那这些讨论就都不存在了。"从社会性别论的角度来看，'东大女子'是什么样的？"这个问题本身就包含了东大女生们所面临的问题。

关于东大生社会性别意识的问卷调查

Q. 有些社团只准东大男生和其他大学的女生参加，
你怎么看这类东大社团的现状？

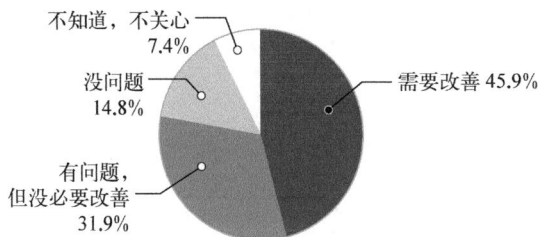

不知道，不关心
7.4%

没问题
14.8%

需要改善 45.9%

有问题，
但没必要改善
31.9%

Q. 你认为《东大美女图鉴》和 HIS 的旅行策划案里，
存在性骚扰之类的性别问题吗？

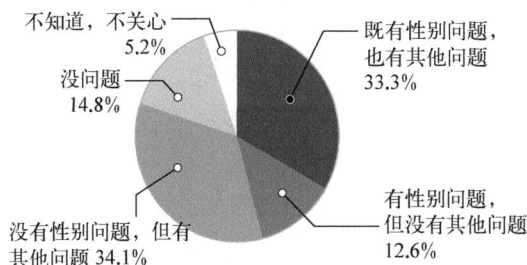

不知道，不关心
5.2%

没问题
14.8%

既有性别问题，
也有其他问题
33.3%

没有性别问题，但有
其他问题 34.1%

有性别问题，
但没有其他问题
12.6%

Q. 你认为东大的性别问题严重吗？

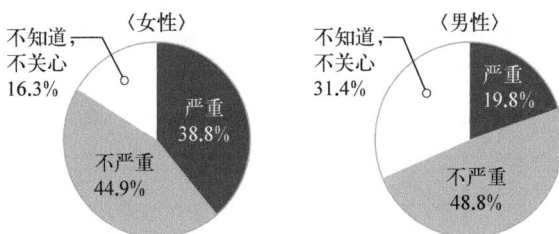

〈女性〉

不知道，
不关心
16.3%

严重
38.8%

不严重
44.9%

〈男性〉

不知道，
不关心
31.4%

严重
19.8%

不严重
48.8%

※该调查由《东京大学新闻》社于 2016 年 6 月 13~17 日在互联网上进行。
回答人数为男生 86 人，女生 49 人。

第2章 "二成女生"对女生来说是天堂吗？

游离在"东大生"和"女生"之间

有一份名叫 *biscUiT* 的免费报纸，由在校的东大女生发行，面向的读者群也是在校的东大女生。2011年4月创刊，一年两期，在本乡和驹场两边的校区派发陈列。官网上刊登着报纸的创办理念。

> 东大女生不论在哪儿都属于少数群体。学校里的多数派是男生，各种活动场所都是以男生为主体形成的。现状就是，对东大女生来说，没有什么东西是"属于我们的"。
>
> 因此，*biscUiT* 的目标就是，做出一份能让东大女生拥有真正归属感的免费报纸。

在创刊号卷首语中，她们对"东大女子"做了如下定义：

> 这是一个在"东大生"身份和"女性"身份之间徘徊的

群体。

她们作为"女性"在婚恋方面处于劣势，但作为"东大生"在就职环境方面享有优势。

相对于她们的"女性"身份，"东大女子"显然更加关心自己作为一个"人"的成长，积极乐观地看待眼前的处境。

"在'东大生'身份和'女性'身份之间徘徊"这个说法，和第1章里中本千晶在著作里提到的"'东大生的样子'和'女性的样子'，这两个'看不见的项圈'"，有异曲同工之意。"东大女子"的内心深处，总是有一个"东大生"和一个"女性"在拉扯。

按理说，一个人上的大学和性别之间是不存在冲突的。然而在当下的社会，"东大"这所大学的名字和"女性"这两个字就是如此格格不入。

"东大女子"的苦恼，在于要以何种比例来使"东大生"的部分和"女性"的部分在自己身上和谐共处。加上世人的眼光和自我认知之间也会有所偏差，简直就像是一组二元联立方程式。

最新一期（Vol.14）的《大三女生座谈》里有这样一段非常超现实主义的内容。

A：来吧，说说我们悲伤的故事！

S：还有这个必要吗？最悲伤的事，莫过于连说话都没人听了吧？

M：其实东大的女生还是有这个需求的吧？

S：但太过理想主义的话就没人要，所以还不是得降低要求嘛。

A：降低要求，太难了。

S：我们才大三就这种心态，如果现在就开始降低标准，那感觉一辈子都没啥指望了。

M：要学会妥协，妥协。要求太高就没人啦。

S：确实。再说帅哥身边都已经有女朋友了。

M：只能降低要求自己培养了吧？

Y：找一个无所事事的"正儿八经的东大生"，培养培养。

S：你以为是虫子吗？

所有人：（失笑）

S：我们的要求，可能放在东大会觉得高，但在普通大众看来应该是正常的。东大男生的气质，你们不觉得都很像吗？比如穿着啥的，基本都一个样，让人忍不住想要吐槽一句，你们穿的是校服吗？（笑）虽说东大到处都是男生，但都是气质雷同的男生，合并同类项之后只能算一个人。

Y：那把东大男生浓缩一下，男女比就正好1：1差不多（笑）。

不过到底还是东大生。翻了一下她们之前出的几期，发现很多特集都是认真做了调查之后，用证据来说话的。这里摘录几组有趣的数据。

关于东大生结婚意识的问卷调查

〈女性〉

Q. 想结婚吗？

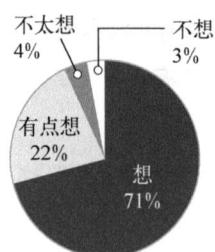

不太想 4%
不想 3%
有点想 22%
想 71%

Q. 想成为家庭主妇吗？

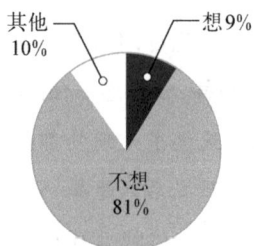

其他 10%
想 9%
不想 81%

Q. 想做家务吗？

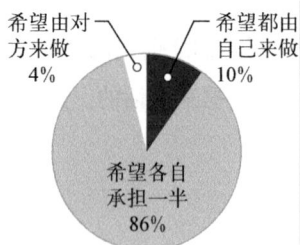

希望由对方来做 4%
希望都由自己来做 10%
希望各自承担一半 86%

〈男性〉

Q. 想结婚吗？

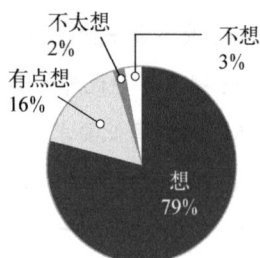

不太想 2%
不想 3%
有点想 16%
想 79%

Q. 希望另一半是家庭主妇吗？

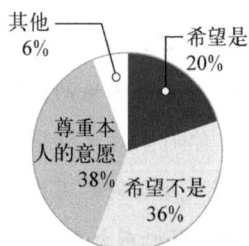

其他 6%
希望是 20%
尊重本人的意愿 38%
希望不是 36%

Q. 想做家务吗？

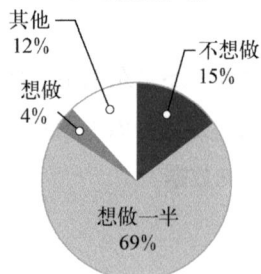

其他 12%
不想做 15%
想做 4%
想做一半 69%

※数据来源：*biscUiT* Vol.10

东大女生百人问卷：关于"打扮"那些事

Q. 早上花多长时间化妆?

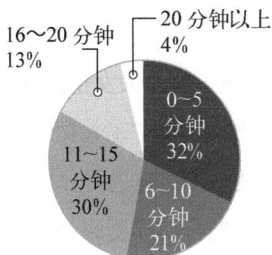

- 16～20 分钟 13%
- 20 分钟以上 4%
- 0～5 分钟 32%
- 11～15 分钟 30%
- 6～10 分钟 21%

Q. 希望成为以下哪种人?

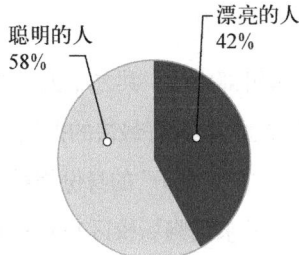

- 聪明的人 58%
- 漂亮的人 42%

Q. 喜欢时尚吗?

- 讨厌 7%
- 不喜欢 13%
- 非常喜欢 21%
- 还行 59%

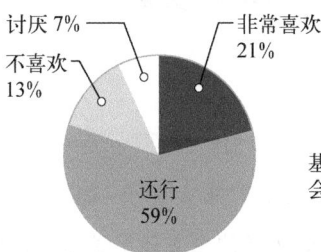

Q. 会素颜去学校吗?

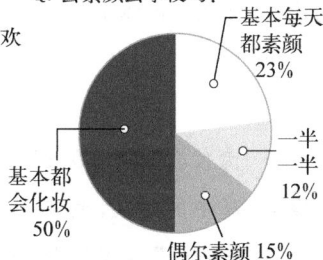

- 基本每天都素颜 23%
- 一半一半 12%
- 偶尔素颜 15%
- 基本都会化妆 50%

Q. 有染发烫头吗?

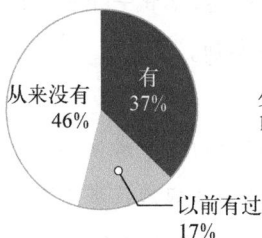

- 从来没有 46%
- 有 37%
- 以前有过 17%

Q. 喜欢哪种穿衣风格?

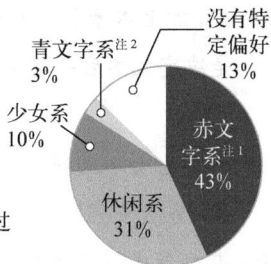

- 青文字系注2 3%
- 没有特定偏好 13%
- 少女系 10%
- 赤文字系注1 43%
- 休闲系 31%

※数据来源：*biscUiT* Vol.12

注1：赤文字系：使用红色标题的时尚杂志，以女大学生和年轻上班族为主要读者群，比如 *JJ*、*ViVi*、*Ray*、*CanCam* 等。

注2：青文字系：相对于赤文字系而衍生出来的时尚用语，强调独立和个性的穿衣风格。代表杂志有 *Zipper*、*CUTiE* 等。

东大男生前途无量,东大女生步步惊心

编辑部成员一共二十人左右。要想了解东大女生的现状,我想采访她们是最好最快的办法。因为她们既是"东大女子",同时又能把"东大女子"的身份相对化,作为一个客体进行分析观察。

应邀来到驹场校区Italian Tomato咖啡馆接受采访的是文科三类一年级的森田玲奈(化名)。她个子不高,皮肤白皙,带着自然的妆容,穿着也很休闲。上身是卡其色的夹克衫,下身是牛仔裤加帆布鞋。

—— 为什么会加入 *biscUiT* 编辑部?

森田:高中的时候,我在网上搜"'东大女子'的人生会很艰难吗"这类问题,*biscUiT* 的主页就跳了出来,知道了这本杂志。所有成员都是东大的女生这一点也很好,加上本来就喜欢杂志,想试一下编辑的工作,于是决定入学后一定要参加。

—— 为什么会一边准备东大的入学考试,一边在网上搜索"东大女子"的人生是否艰难这类问题呢?

森田:模拟考成绩不理想的时候,就想多找一点东大不好的地方(笑)。

—— 原来如此。这个情景让人忍俊不禁。不过不论男女,没考上东大的人往往会对此有些怨念吧?

森田：所以在跟早稻田、庆应的人打交道的时候，我们会不自觉地有所顾虑，说不定里面有人没考上东大至今耿耿于怀呢。不过我们这也都是瞎操心。

—— 其实，面对东大会感到自卑的人，不仅仅是学生，社会上肯定也有不少。另一方面，东大生这边顾虑过头瞎操心的情况也存在。两者之间存在一堵看不见的高墙。

森田：就算在东大的课堂上，如果女生发言很大声，旁边人的脸色都不会太好看。除了部分女生，大多数女生都会识趣地做出一脸茫然的表情。面对男生，会时刻注意不去驳倒他们。因为来东大的男生自尊心都特别强（笑）。我感觉在东大校园里也是傻白甜会更受欢迎。

—— 哪怕是在东大的教室里也要注意这些事情，实在令人震惊。或许习惯了之后会找到更好的应对办法。

森田：考上东大本身需要极强的学习能力，大家入学的时候都满怀热情，但同时心里还会有一种莫名的不安，不知道进了东大未来会怎样。网上总是把事情说得很可怕……比如"结不了婚"，"会在学历上受到逆向歧视"啥的，特别是毕业之后很可怕。

—— 你觉得为什么会有东大女生不好找对象这种说法？

森田：会认真考虑东大女生的只有东大男生啊。通常会被学历过滤器给刷掉。我认识一个前辈,她是那种不像东大生的"东大女子"。前段时间,被一个庆应男生搭讪,两人边走边聊了一路。他问:"那你是哪个大学的?"前辈回答说:"我东大的。"然后那个男生说了一句:"对不起!我们是低能幼稚大学的。"就落荒而逃了。

—— 听着像小品,但这是一件真事。你有在联谊的时候隐藏过自己东大生的身份吗?

森田:我还没有参加过联谊。不过去美容院的时候有说过自己是上智的。因为怕被追问,觉得很麻烦。如果说是圣心的,又跟自己的世界差太远容易露馅(笑)。

—— 东大的女生也会希望男方一定要比自己强吗?

森田:是的。男生一般都不喜欢比自己更聪明的人。所以东大女生在恋爱方面就很吃亏。而东大男生的对象范围就很广,还有被女子大学捷足先登的传统。

—— 你对校际社团如何看待?

森田:加入那种社团的男生,跟我们就不是一路人(笑)。他们的人生规划和我们的人生规划应该不存在交集。相对的,因为有他们的存在,加入只有东大生社团的男生市值就会上涨。还有一个说法,东大男生大多由当家庭主妇的母亲培养长大,而东大女生大多希望在职场上拼搏,所以这里就会存在价值观上的分歧。

—— 那你怎么看那些校际社团里的女子大学女生？

森田：我觉得选择参加校际社团的女子大学女生还是很靓丽可爱的。看到校园里有一群可爱的女生，就会猜她们是校际社团的。不过，至少在学期间我们应该不会有交集。

—— 没有什么好或不好，只不过感觉大家生活的世界不一样。

森田：这样说起来，让人感到郁闷的反而是《东大美女图鉴》！校际社团的可爱女生因为跟自己不是一类人，所以可以不在意。但《东大美女图鉴》里的女生，作为东大生和自己站在同一个平台上，同时还兼备了女生的可爱特质，明显比自己更加优秀，所以容易产生自卑感。

—— 在校园里物色东大美女，制作写真集出售的编辑部成员，你怎么看他们？

森田：就很讨厌啊。如果有助于提升东大女生的整体形象，那另当别论。

—— 大学好像也采取了各种对策来吸引更多女生。

森田：大学非常欢迎女生，这一点是有切身体会的。感觉到自己被需要，心里很开心。为了让高中女生更多地了解东大，大学鼓励在校的东大女生去自己的母校演讲,提供交通费加1万日元的补贴。如果顺便回趟家,还能赚一笔交通费。

—— 听那些从外地来东大的女生说,她们绝大多数人选择考东大的契机,都是因为读高中的时候,接触到了在东大学习的很厉害的前辈。这就是榜样的力量。从这个角度看,派在校东大生回母校演讲的效果还是很不错的。

森田:其实我也领到了那个房租补贴。这次因为通知发得比较晚,所以我是在决定考东大之后才知道这件事,感觉比较幸运。这个房租补贴制度的好处在于我们可以选择女生也能安心居住、安保措施严密的房子,这种房子房租就贵一些,虽说有3万日元的补贴,但实际的花费跟原来差不多。也就是说可以用同样的价格住在更安心更舒适的房子里。不过听说还没有住满。或许光是这样的条件,还不足以吸引外地的女生。

—— 有人说这是逆向歧视。

森田:只看这一点的话确实是逆向歧视。明明外地也有男生想来却来不了。面对他们,说实话我是有些不好意思的。但另一方面,东大的男生们可能并没有意识到他们在日常生活中享受到的优待。

—— 确实没有意识到吧。包括东大女生们为了他们故意装傻的事情。

森田：东大男生，未来的人生是上坡路……嗯，上坡路这个说法听起来好像很辛苦？不是这个意思，而是说走势是上升的，东大女生往后就是一路下滑。

一路下滑是有些夸张了。她想说的应该是，东大男生的人生大概率会是一帆风顺的，而东大女生的人生道路依然充满了各种未知的陷阱。

"东大女子"就连恋爱的烦恼也与众不同？

biscUiT 2016年春季主办过一场活动，召集东大女生们一起来讨论恋爱这个话题。会场在涩谷附近，是一个光线幽暗的咖啡馆。年过三十的东大前辈和往届东大校草也作为嘉宾抽空前来。

我也在现场，当时的情景在另一家东大生运营的网络媒体"UmeeT"上有详细报道。这篇报道非常有意思，题目叫作《矫情的"东大女子"——两名男子潜入*biscUiT*主办的"东大女子会"，听到太多真心话，汗流不止》。所以这是一篇以在校东大男生为视角的、关于在校"东大女子会"的报道。

　　"东大女子"有一些高大上的恋爱烦恼，是普通女性想都想不到的。

　　"和男朋友聊天一点都不开心，还不如自己在家看书。"

　　"有人问我：'现在有男朋友吗？'我却反问人家：'你有必要知道吗？'"

　　"学习的话，付出就有回报。谈恋爱却不是。追求生产效率的结果,就是与恋爱绝缘。"

"如果我能大致读懂对方的行为模式,说明这一阶段的学习已经完成了。我就会开始考虑跟他分手。"

不过接下来这位女生的烦恼,才是最典型的"东大女子"问题。

"我不知道有什么技巧,可以让我跟男朋友好聚好散。"

不论任何事情,她们都希望有一套道理和有效可行的方法论。

她们的内心独白可能是这样的:"凭什么要为了你们这些土包子勉强自己费心打扮呢? 跟别人提要求之前,先换掉自己那身格子衫,打理一下乱糟糟的头发吧!"

女人实在是太可怕了……(全都是胡思乱想)

原来"东大女子"不会打扮是因为"东大男子"太土气了。

说"东大女子"不受欢迎,其实是有一部分人"根本就不想受(男生)欢迎"。

"东大女子"在学校里还是很吃香的。在这一点上大家没有意见。但另一方面,光在东大内部受欢迎还是有些令人不安。所以往届东大校草向东大女生们传授"速效魅力宝典"的时候,所有人都饶有兴味地竖起耳朵听。

东大帅哥如何挑选另一半

桑田和明(化名)是位帅小伙,工作三年,在校期间是棒球队成员。棒球队经理多半是白百合、圣心、清泉的学生,队内谈恋爱的人非常多。不过最终,他现在考虑结婚的对象是御茶水女子大学毕业的。

"学生时代我也吊儿郎当的。正当我想好好读研做研究的时候,在打工的补习班里遇到了现在的女朋友。今天聊到这个话题,发现果然还是御茶水毕业的女生最适合我。"

我问他这话怎么说,他回答道:"东大的女生不好相处。文科的女生还好,我是理科的,'与众不同'的女生比较多。很多人都活在自己的世界里,比如哪怕打破正常的上课秩序也要向老师打破砂锅问到底,一有作业布置下来就马上给大家指派任务之类的,实在是跟不上她们的节奏……我原来是理科一类的,喜欢物理,但因为不想跟她们一起做实验,大三的时候选择了文科方向。文科女生相对比较多,性格也比较开朗,可以交到一些朋友。"

从学科性质的角度,理科生可能是比文科生更专注于自己的领域。这一点应该是不分男女的。

桑田又说:"可能是我的思想太保守,结婚的话我还是觉得自己要站在前头带领对方。在这一点上,面对东大的女生,我没有底气跟她说'你跟我走吧'(笑)。而女子大学的女生,我又觉得她们对男性的依赖心太重。学生时代,她们的依赖可以很好地满足男生的虚荣心,但作为一辈子的人生伴侣就不够踏实。从这两方面考虑,最适合自己的就是正好处于两者之间的御茶水女子了。"

这真的是"东大男子"发自肺腑的真心话。

"多撒撒娇吧"

以"御茶水女子"为分界,"东大女子"和"女大女子"成为两种女性的代名词。"女大女子"的"对男性的依赖心",具体来说就是"嫁个高学历高收入的男人,靠老公赚钱养家"的人生态度。

职场新人小川泰子(化名)说的话即代表了这种价值观。她是某知名女大的毕业生,入职了一家大型证券公司的行政岗位,待遇优厚。

"学生时代,我有个朋友是'东大女子'。不过她脑子转太快,我一般听不懂她在说什么(笑)。有时为了凑数喊她一起参加联谊,结果真的就是凑数。抛话题给她也不知道怎么接,又不会装傻充愣,特别没意思。东大的女生在联谊的时候唯一能发挥的作用就是,让我们说一句'她可是东大的哦,厉害吧'逗她一下。基本上男生们也就知难而退了。"

这字字句句可谓尖酸刻薄。我又问她,是否能给这些"东大女子"一些建议。

"多撒撒娇吧。我承认她们很聪明,但作为女人,说实话确实没把她们放在眼里。在男人缘方面我有绝对的自信。因为我们从一开始就没想靠聪明来跟她们比。"小川说道。

看得出来小川在化妆和穿着打扮上非常讲究,说话给人的感觉也和"东大女子"很不一样。不过听说她前不久也失恋了。三个星期前,才交往了四个月的男朋友跟她提了分手。

"27岁,庆应毕业,在一流公司工作。而且家长是大公司的高管,真的是最高规格的配置。太可惜了!"

话虽这样说,但她完全看不出伤心的样子。

"因为备胎的话还有很多啊……"

就在我们说话期间,她的手机里也源源不断地收到男性朋友发来的消息。她对男性的热情,也在吸引着男性向她靠近吧。

"女大女子"vs"东大女子"生存战略大不同

接受采访的一位在校东大女生也说了类似的话。

"我妹妹不是东大的。不过也不是女子大学的。但她的话题永远是男生。跟朋友聊天也都是怎么交男朋友这些。我觉得那也是一种活法。站在我妹妹那样的立场,东大的校际网球社团的存在也是可以理解的。"

不是说"女大女子"和"东大女子"孰优孰劣,而是"生存战略"不同。

简单粗暴地归纳一下两者的不同,大致如下:

"女大女子",不断提升自己的女性魅力,尽可能地吸引更多的男性来靠近自己,然后从中选择现代社会中生存能力最强的高学历高收入的男性结婚。等有了孩子就辞职回归家庭,竭尽全力相夫教子。丈夫的成功和孩子的成绩就是自己奋斗的成果。

"东大女子",追求自我实现。她们会选择一位理解自己的伴侣,构筑平等的夫妻关系。

"东大女子"的生活方式感觉更加前卫一些。

但如果丈夫也高学历,追求自我实现的话,等有了孩子就会出现严重的矛盾。两个人都像以往那样继续工作是不可能的,必须有一方或双方都放慢工作的节奏。可正因为是平等的夫妻关系,到底应该由谁来减少工作量,很难得出一个结论。通常,妥协的都是妻子。"育儿是女人的分内之事"这一社会观念最终还是压倒了一切。但妻子的心里还是会有不满。这是一个"东大女子"很容易掉进的陷阱。

另一方面,丈夫的心情也很复杂。和自己一样高学历的男人娶一个女大女子,得到的是妻子百分百完美的支持。而自己的妻子虽然非常优秀,但因为要平衡工作和家庭,所以永远是力不从心的状态,还经常发牢骚。丈夫不仅事业上得不到充分的后勤保障,如果还要一起分担育儿和家务劳动,那负担就太大了。在公司的激烈竞争中,他会觉得自己非常不利。

当一个社会开始进入人口负增长的阶段,很多人觉得"东大女子型"的人生轨迹才是今后结婚的夫妻应该努力的方向。但是在国民的生活方式新旧交替的过程中,就算是非常优秀的"东大女子"也面临着激烈的冲突。这时候如果"东大女子"的生存战略输给了"女大女子"的生存战略,那么整个国民的生活方式也就无望改变了。

关键取决于男性的价值观。

让我们回忆一下濑地山角教授在第1章里说过的"和'东大女子'结婚的男人如果愿意分担家务,两人都持续工作的话,家庭的终身收入会增加3个亿"。换言之,这是一道给丈夫的选择题。妻子的自我实现以及附带的3亿日元成果,和眼前的自己的成功相比,你优先考虑哪个?

*

作为本章内容的补充,我把和在校东大生的座谈会记录也放上来。座谈会按男女性别分开进行。前半场是和biscUiT编辑部的四位女编辑,后半场是和《东京大学新闻》编辑部的三位男编辑。

• 在校东大女生座谈会（biscUiT编辑部）

〈参加者简介（化名……年级/学部/社团/兼职/籍贯）〉

海野……大一/文科三类（志愿是文学部）/biscUiT、舞蹈、隔
扇/家教/冈山县

堤……大二/文科三类（预定升教育学部）/biscUiT/家教/
东京都

日向……大二/文科一类（预定升法学部）/biscUiT/辅导班
老师/福冈县

森田……大一/文科三类（志愿是文学部）/biscUiT、短歌/
家教、咖啡店/石川县

能聊到一块的至少也得是早大或庆应的吧？

太田：我想先问一些跟男生有关的问题。不想回答的问题
可以不回答,说愿意说的就行。

海野：前段时间有人跟我表白了……有点吊着人家的
感觉。

太田：备胎？

全员：（笑）。

海野：我说对他没有什么感觉,他说他会努力的。

太田：不知道他要怎么努力。

海野：我把我的理想型告诉他了。

太田：被表白,只有这一次吗？

海野：还有一个。

太田：很受欢迎嘛。森田你呢？

森田：现在没有在交往的人。所以在找社团。

堤：　打工也是这个目的吧？

森田：对的。想扩大一下交际圈,所以找了咖啡店的兼职。

太田：那里应该有很多不是东大的男生吧。

森田：嗯？……咖啡店就在"东大前"车站附近。

太田：啊,这样(笑)。日向你呢？

日向：我是一点兴趣都没有。我感觉这两个人也太拼了吧。每天要学习,还要上学,我可不想给自己增加工作量。

太田：堤你呢？

堤：　昨天正好是交往半年的纪念日。

太田：噢,恭喜。对方是？

堤：　文科一类的大二。

太田：是在东大认识的吗？

堤：　在老家的成人仪式上认识的。我们被分到一起做活动企划。

太田：所以,这里面有男朋友的只有堤一个人。四分之一的概率。

全员：(笑)。

太田："女孩子如果一不小心进了东大,这辈子就结不了婚"这种说法在社会上还是流传挺广的。你们自己感觉如何？

海野：也就是说在校期间就要找好男朋友。

森田：是这个道理。

太田：你们还挺老实的。

海野：进入社会后，早大的男人会把我们当作恋爱对象吗？

太田：没事，会的，其实没问题。

海野：真的吗？不过还是有些担心。其实我自己是不在意的。

太田："自己是不在意的"。

海野：啊，不过，学校实在太差的话也不太行。

堤：　到底行不行？

太田：事先考虑到对方男生的感受，算作一个前提。你们自己也觉得，如果女生的成绩比男生好，是不太可能成为情侣的，对吧？

海野：我觉得男人都希望在关系中占上风，所以应该不会喜欢比自己学历高的女生。

太田：觉得"应该不会喜欢"，对吧？

日向：我这也是一种偏见，但还是觉得学历和能不能聊到一起，是有一定相关性的。所以，要想找一个聊得来的人，对学历还是得有要求。这样胜算会比较大。

太田：具体到大学名字，哪个级别的大学感觉是能聊到一起的呢？

海野：我的话，至少早庆。

日向：我有朋友在早庆，心里大概也有底。必须还得是东大。

太田：这样啊。

日向：当我说"我是这样想的"，基本只有东大的男生会跟我说"哦哦，但我是这么看的"。

森田：很带感。

日向：如果只是点头附和，家人就够了。另外增加任务的话，总得有相应的收获。

太田：这个叫任务啊（笑）。

日向：难道不是吗！

堤：不过我觉得还是得分人。对上大学这件事没什么志向，通过自主招生进来的人很多没有自己的想法，跟这些人就很难聊到一起。如果对方说"上大学不就是为了方便找工作吗"，我应该会顶回去"当然不是啊"。

森田：驳回去。

日向：驳倒他！

堤：愿意努力奋斗的人，不管是什么大学都没关系。就算不上大学，比如在运动方面非常拼命的人，我觉得在努力这一点上是能聊到一起的。所以，比起大学，还是要看这个人的志向和人品。这些才是最重要的。虽然我这么说，总会被吐槽"还不是在跟东大生交往！"……

太田：确实。

堤：因为交际圈就这么窄啊。

森田：碰巧是个东大生对吧。

堤：对。

太田：原来如此。针对这一点，还有什么想说的吗？

日向：堤说的都很在理，但从结果来看，她说的那些人大多还是集中在相应的好大学里。

海野： 如果不是东大的，虽然我觉得自己是不介意的，但怎么说呢，总担心对方会在意，感觉不自在。

太田： "担心对方会在意，感觉不自在"，有意思。

海野： 就考虑一下对方的心情，自己反而变得很焦虑。不用担心这些，并且能一直保持欣赏的，基本还是同校或者更厉害的人。当然这样想还是因为一个前提，就是男生要比女生强。

太田： 是啊，不然一开始两人之间就不平衡，容易感到焦虑。

海野： 我希望对方和自己都是舒服自在的。

日向： 实际上，我姐姐就是因为这分的手。姐姐在别的大学的医学部，男朋友的学历比她低，开始的时候说"不在意"，结果还是半年左右就维持不下去了。哎，现实如此，只能慎重选择。

太田： 这样的话，你们只能在东大生里找对象了。

海野： 是啊，确实如此。

日向： 对吧，就是这个死循环。

故意装作自己不行

太田： 人们刻板印象里的"东大女子"，现在是不是已经绝迹了？

日向： 看还是能看到的。

太田： 文科三类的话，女生都快占一半了吧。

海野：有四成。

太田：是吧。理科的感觉又会不太一样吗？

日向：不一样。

太田：果然文理还是不一样啊，就算都是女生。

海野：不一样。

日向：很不一样。不过，理科二类的女生也不少。

堤：　嗯，是的。

太田：因为有药学部之类的。

日向：是啊。

海野：理科一类就真的是三十个人的班里只有两个女生。

太田：她们和文科的女生，气质也不太一样？

海野：我在社团里的理科一类男生那里看到过照片，有
　　　　"啊，这是女生吗？"的感觉。真的就戴着跟男生一样
　　　　的方框眼镜，头发也剃得很短。

堤：　唔，听前辈说过。机械系工学部里，正经化妆的是极
　　　　少数，其他人都是素面朝天，穿衣服也是"这种搭配
　　　　也行？"的感觉。

太田：肯定本来就对这些没啥兴趣。

堤：　嗯，那样也挺好。

太田：*biscUiT*有一期"东大男子"特集。日本电视台播音
　　　　员桝太一在卷首采访里提到了"东大女子"。他说：
　　　　"我听周围人说才发现，女性尤其不容易。因为别人
　　　　总会有先入为主的偏见。就算说同样的话也难免让
　　　　人觉得不舒服，所以要区分什么是该说的什么是不
　　　　该说的。"这一点，你们有实感吗？

日向：虽然不是从男生那里，我有在打工的地方感受到过这种偏见。他们会默认你是那种一点就通的类型。如果我问些不懂的问题，他们会表现得很惊讶。我心想，"喂，这可是我第一天上班"（笑）。

海野：我暑假回冈山，和东京理科大的男生见了一面。就很寻常的聊天，说到喜欢的类型，我说："我喜欢懂电脑的人。"对方好像很开心："原来你不会电脑啊！"因为对方默认你是完美的，展示一下自己不完美的地方反而效果很不错。

森田：对，所以我会在男生面前故意装作自己不知道或者不会。

日向：明明会却说不会，我是做不到的，自尊心不允许。

堤：　会就说会，不会就说不会。有话直说，比较自在。

太田：是不是存在一种整体倾向，别人一听东大，就会觉得你们是很强势的女生，觉得你们什么都会。

全员：是啊。

太田：未来的梦想和目标有吗？有的话想听一听。

海野：因为喜欢书，所以觉得出版行业很不错。希望有一份自己热爱的工作。

森田：我也在考虑出版相关的。不过，年纪差不多了就结婚。然后生孩子，住在一个带院子的房子里，养两条狗。对我来说，比起工作，家庭更加符合我对人生目标的期待。

太田：如果能在合适的年纪结婚生子，拿到产假，觉得这样的日子很舒心，就有可能把工作辞了，对吗？

森田：嗯,有这个可能啊。因为我妈也是家庭主妇。如果
　　　贪心一点,还是希望可以悠哉游哉地继续工作。

海野：我是想一直工作。不过我妈也是家庭主妇,是个特
　　　别照顾家人的人,所以我也有对家庭生活的憧憬。
　　　但鱼和熊掌应该还是无法兼得吧。

堤：　唔,嗯。

太田："唔,嗯",是什么意思?

堤：　我想先读研。我真的很喜欢学习和创作新东西。顺
　　　利的话还想继续读博。

太田：原来如此。

堤：　不过结婚也想,孩子想要四个(笑)。所以我现在的
　　　理想就是,上研究生院的时候结婚,读研期间生第一
　　　个孩子。大学里面,这点是很灵活的。虽然很贪心,
　　　我觉得也正因为是在东大所以才有可能实现。

日向：我想成为一名法官。

太田：往那个方向走啊。厉害。

日向：为此才来东大的。

太田：原来如此。那从人生规划的角度呢?

日向：刚刚说了,恋爱结婚这些我完全没有放在人生的计
　　　划里面。因为不想降低现在的生活品质,我必须挣
　　　到跟我爸差不多的钱。结婚有合适的对象也可以考
　　　虑,但孩子就不要了。如果过不了司法考试,就再复
　　　读一次去考医学部。

全员：哇哦!

太田：我记得刚刚有人说,生完孩子继续工作算一种贪心。

但比如东大毕业的男性，一边保持高强度的工作一
边养育三个孩子，这样的例子社会上有很多吧？

全员： 嗯。

太田： 却没有人说他们贪心。在大家的认知里，刚刚聊天
的时候无意识地表示出"既想工作又想带孩子可能
是一种贪心"。我感觉这里面存在不对等性，你们觉
得呢？

海野： 真的是这样。我觉得很不公平。

太田： 这点都看出来了吧？

海野： 嗯。我想工作。虽然想工作，但我妈又是一个特别
重视日本传统的人，每年9月会做月见团子①全家人
一起吃。我很向往成为那样的家庭女性，也很憧憬
我爸那样努力工作的样子。好像有两个自己，一个
像男性，一个像女性。

太田： 那很好啊。

海野： 但我觉得两者兼顾是不可能的。努力工作的话家务
肯定就会做得很随便，以家务为主的话工作又会半
途而废。

太田： 想兼顾父亲和母亲的角色。这真的很难，实际生活
中。自己来扮演父亲的角色，由老公来做月见团子，
这种可能性有想过吗？

海野： 有这样的人吗？有的话挺不错的。

太田： 问题就在这里。想继续工作，在职场上大展身手，学

----

① 日本习俗在农历八月十五日"月见节"时吃的糯米丸子。

习能力也证明了巾帼不让须眉。可是，等有了孩子，想拜托对方做月见团子的时候，却很容易被反问："嗯？为什么是我来做？"

堤： 这些事情不是应该在结婚之前就说好的吗？追求梦想，不分男女，都是好事啊。所以在这些事情上达成共识后，就算两个人都是东大的，也会商量好一起工作一起分担家务吧。没有共识肯定就会很辛苦。孩子也是两个人都想要才生的，男人照顾孩子是理所当然的，做家务也是理所当然的，具体的比重可以一起商量决定。全部都要女人来做是说不过去的。大家住在一个房子里，彼此分担才是一个家啊。

海野： 我家完全是我爸赚钱，我妈完全只管花钱。相应的，做饭洗衣针线活都是我妈做，两个人彼此配合得很好。

堤： 两个人都同意的话当然没问题，我也觉得很好。只不过一方有疑问的话，就一定要好好沟通形成一个彼此都能接受的共识。

太田： 如果生完孩子还想继续工作，而且不放慢节奏，保持原有的工作速度，那就必须得事前商量好。等生下来再说的话，就会面临一个非常艰难的选择，有一方必须妥协。这一点上，日本社会绝大多数情况下最终还是由男性说了算。特别是"东大男子"，周围人对他的期待也特别高，很难做出有损职业生涯的决定。

森田： 我还是希望结婚对象是一个东大生。这样一来现实条件肯定不允许,基本处于放弃的状态。

太田：现实条件不允许,是说继续工作吗?

森田：嗯。对方替我做家务这种事情是不会发生的。我爸
爸是东大的,女人就应该回归家庭这种想法比较根
深蒂固。

太田：自己内部也已经形成了这样的价值观。

森田：由我来妥协的前提基本上算是定型了吧。我感觉这
样反而可以让事情圆满解决。

海野：那你当时为什么要考东大呢?

森田：唔,因为是我能上的最好的大学,感觉最容易实现自
己想做的事情。

拥有最多选项的她们

太田：问到非常关键的问题了哦。日向你是怎么想的?

日向：我本来就没结婚的想法。

太田：是哦(笑)。刚刚听下来,有什么感想吗?

日向：听下来感觉果然还是不结婚比较好。

全员：(笑)。

森田：灌输了不好的印象。

日向：如果觉得委屈的话就没必要结婚。听大家说的话,
再看看自己的爸妈,心里就只想放弃。本来我就不
会做家务,我爸也说“你一定要雇个保姆”。

全员：(笑)。

日向：所以,为了雇保姆而好好工作,也是我的一项动力。

太田：这也是一个选项。

日向：两人都想工作的话，雇保姆就好了啊。双职工的话，这点经济条件肯定还是有的。这样问题就都解决了。感觉大家的想法还是太受限了。

太田：这样说来，现在双职工的家庭已经在变多了。原因是，男方一个人的收入不足以养家糊口，基本都是出于现实生活的需求。即便如此家庭收支也只是勉强持平。不过，作为你们大概率结婚对象的东大男生应该是没问题的，靠一个人的收入来养家。所以你们可以选择继续工作，也可以选择成为家庭主妇。然而，对大多数女性来说，并不存在第二个选项。所以其他学校的人要来参加你们的社团。

海野：原来如此。

森田：想成为家庭主妇吗？

太田：拥有这个选项本身，有时就是属于极少数人的一种特权。

森田：原来如此。

太田：所以，如果你们不要求对方学历的话，其实是拥有最多选项的一群人。毕竟按目前的情况，对"东大男子"来说，成为家庭主夫的选项基本不存在。只不过，"东大女子"正因为选项丰富而且段位高，内心的挣扎相对也更加激烈。可以这样说吧。

海野：原来如此。

太田：你觉得有道理？我刚刚说的。

海野：有道理。

森田：因为有选项所以才纠结。

太田：是啊。因为其他人的话会直接被对方要求"你也给
我去上班"。

海野：原来如此。

堤： 确实。

• 在校东大男生座谈会(《东京大学新闻》编辑部)

〈参加者简介(化名……年级/学部/社团/兼职/籍贯)〉

大森……大二/文科一类(预定升法学部)/《东京大学新
闻》、高尔夫球/补习班讲师/大阪府

樱井……大二/文科一类(预定升法学部)/《东京大学新
闻》/补习班讲师、家教/埼玉县

日比野……大三/经济学部/《东京大学新闻》/电视台/东
京都

完全不懂女生的男校毕业生

太田： 最近看了《东大新闻ONLINE》,注意到排第一的
热门文章是《高桥茉莉的死与己无关吗?论东大
女毕业生的过劳死》。作为一名东大生,你怎么看
这起事件?

日比野：明明发生了那么恶劣的事情,电通在东大却依然
很受欢迎这件事让我觉得心里不舒服。大家都事

不关己高高挂起的感觉。

太田： 虽然发生了那样的事件，但如果能进电通的话当然还是会进。

日比野：东大生找工作，喜欢不管怎样先投个商社或咨询公司再说。不论如何先把排行榜上的热门企业作为自己的就业目标。这就跟高中生"因为偏差值要求最高的是东大所以选东大"的择校理由差不多。我觉得他们还没有从这种简单思维中跳出来。

太田： 对自己来说到底什么才是重要的，自己到底想做什么——在人生的重大选择上，缺少了这样的视角，这大概是你想对东大生说的吧？其实我觉得这个问题不局限于东大生，而是普遍性的存在。但是对第一的执念，在无往不胜的东大生身上可能确实表现得尤为强烈。

日比野：即使问应聘电通的东大生，为什么不去博报堂而是电通呢？很多人的回答也是"因为是业界第一啊"。

太田： 高桥事件因为她"东大女子"的身份，受到了广泛关注。最近在东大，男女比例的不平衡经常成为讨论的话题，《东京大学新闻》好像也刊登了好几篇相关文章，讨论校内的性别问题。

日比野：以副校长名义发出的要求社团改善运营的公文为契机，针对校园内的各种性别问题，我们采访了濑地山老师。那篇公文出来的时候，引起了社会的广泛热议。如此明显异常的事态，东大的人好像感觉麻痹了一样，对此见怪不怪，这让人觉得有些害怕。我自己在入学时有过强烈的心理抵触，后来慢慢就习惯了。

大森： 文章出来的时候我刚刚加入编辑部，看的时候几乎还是读者视角。当时的感受是"有东大女生进不去或者不想进的社团，那不是很正常嘛"。

太田： 此话怎讲？

大森： 根本问题在于东大的男女比例，这类社团的出现是必然结果。

樱井： 我也觉得现在的情况事出有因。不只网球社团，其他的运动社团、音乐社团也存在同样的结构问题。

太田： 你们有参加校际社团吗？

樱井： 没有。

大森： 我算是在校际的高尔夫社团挂名。

日比野： 我本来到高中为止都在打网球，但因为不喜欢校际社团现在没打了。不过，我有很多朋友在校际社团。听他们讲是完全没有恶意针对东大女生的。

太田： 如果男女比例变成1：1，这类社团会消失吗？我感觉还是会继续存在。

日比野： 可能不会完全消失，但比现在肯定要好。一部分的"相亲社团"应该是不会消失的。

大森： 还有一期针对校内的社会性别问题做了问卷

调查。

日比野：我采访过濑地山老师，也思考过社会性别问题，自认为是个相对理解东大女生难处的人，但好像还是很不够，经常被东大女生说"你一点都不懂"（笑）。

太田：不管是不是东大，女性要在这个社会取得事业上的成就，确实都需要面对激烈的冲突。同样是东大生，男女间的不同还有其他体现吗？

日比野：在写面向女生的房租补贴那篇文章的时候，很多人认为"这算不上什么有效的帮助"。问题的关键不在于金钱，而是周围的风气。

太田：周围的风气？

日比野："女孩子家家，上东大干吗"这种压力。

太田：这句话很有代表性。

日比野：我是上了大学才知道这句话的。我复读考东大，类似的话一次都没有听说过。这样想想，现在同班的女生们，为了来东大需要付出比我更多的东西。

大森：在东大有特别多像我这样男校出身的人，对女生的事情一窍不通，像这样的采访也不知道该说什么。这样的人在东大特别多。

太田：男女混读高中，或许能从日常生活大致感受到女生们对将来的打算，女校的话还会经常从可生育年龄模拟推算现实可行的人生规划。男校就完全接触不到这方面的知识，直接上大学。智商够的话就去东大这种感觉。

大森： 真是这样(笑)。

樱井： 我不是重点班出身,根本就不知道东大的女生比
例这么低。有几个高中女同学也报了东大,但我
感觉她们没有"非东大不上"的那种执念。

日比野：我念的是都立重点高中,上东大的人很多。但是
有女生明明比我更厉害却选择去了庆应。哪怕复
读也要上东大的女生很少。

东大生的自尊心不分男女

太田： 想过跟未来伴侣的角色分工吗?

大森： 稍微想过,但具体的东西几乎没有……找到对象
就结婚,生了孩子就照顾……大概就是这样吧。

太田： 如果妻子跟你说,"我生完孩子还想继续工作,所
以每周你也得抽一半时间出来接送孩子做家务",
你会怎么办?

大森： 我爸妈就是这种想法,我自己也觉得应该要共同
分担,但实际生活中"一半"估计做不到。

樱井： 就算有心配合,我感觉这个问题在现有的"工作方
式改革"的讨论框架里也是解决不了的。

日比野：我想成为一名记者,现在也在媒体兼职。看他们
工作的样子,可以想象应该完全顾不上家里的事
情。如果有家庭也有孩子的话,这种生活方式本
身对伴侣来说就是不公平的。如果这样的话我觉

得没有必要勉强生孩子。

太田： 大家都非常诚实，说了应该做不到，但育儿和家务"做""不做"的选择权是在男性手里的吧？生孩子确实只能女性来，但其他的事情男性也都能做的吧。说极端点，我觉得可以有更多男性选择成为家庭主夫。

樱井： 但会被说是"吃软饭"啊。在世人眼里，这种男人根本就没有结婚的资格吧。

太田： "你一个大男人，居然想让我女儿来养你吗？"这种对吧？如果"东大女子"成为家庭主妇，是不会被说"吃软饭"的。只不过男女互换一下角色，男人就会被认为是"吃软饭"，跟这类男人结婚的女人也会被人指指点点，说她"看男人的眼光不行"。

日比野：这让我想到一点，男生心里也有东大生特有的"做就要做第一"的想法，等进公司后这种想法就会变成是"我要出人头地"。

太田： 而且如果不是同龄人里最成功的那一个，心里会不舒服。

日比野：从这个角度来说，包括我在内的东大生其实都不自由。虽然脑子里知道这层构造，但真到那个时候要自己放弃出人头地的机会，放慢工作的节奏，还是很难做到的。

大森： 有自尊心在啊。

太田： 跟其他大学的学生相比，东大生对"第一"的执念可能是比较强烈，这一点不分男女。另一方面，东大女生的心里又有跟普通女生一样的性别思维定式，"希望跟比自己厉害的人结婚"。结果就是，她们的对象只有"东大男子"，约七成的"东大女子"最后跟"东大男子"结婚。夫妻两人都无法放弃对"第一"的执念，所以会引起激烈的冲突。从结构上大致可以这样来解释。

日比野： 我个人觉得，既要追求事业上的成功，又要精心照顾孩子，是不太可能的。这时候只能选择放弃一项了。

太田： 是啊。只不过这种时候都要靠女性的放弃来维持夫妻关系或社会的运转，是不是也有问题呢？

日比野： 原来如此，还有这一层问题。如此看来，在我的潜意识里面，也还有很多地方需要更多地站在女性立场上来思考。

太田： "老子肯定要一直工作啊"这种心态，在男性身上普遍存在。我年轻时候也是这么想的。

全员： 嗯嗯。

日比野： 我承认一般社会上确实存在由女性来妥协的构造，但是到"东大女子"身上就不是这么回事了吧？因为她们有着跟"东大男子"一样的自尊心。

太田： 正因如此，所以可以想见东大夫妻间的冲突会更加激烈。跟普通女性相比，让"东大女子"放弃事业发展所遇到的阻力可不知要强多少倍。

全员： 原来如此。

第3章 "玻璃天花板"和"陷阱"

领导的学历情结和敌意

"进入东大,从某种意义上可以说从此告别察言观色。大家普遍倾向于自己思考、自己选择,一个人行动。很少有人喜欢拿小事情跟朋友商量,或者跟人一起行动。比起共情和感受,更倾向于使用概念和逻辑结构来跟人交流,不需要多余的自我表现也可以说清道理来回应问题。"

上面是以自由顾问为业的青山幸惠(化名)对"东大女子"的分析。她自己也是东大毕业,现在年近四旬。

进入社会之后会如何?

"东大毕业的身份,会让身边的人默认你的理解能力和基础能力很好。因此很容易被分配到辅佐领导或者是要动脑的岗位上。工作上的指示,跟男性相比,对你的语气可能会柔和一些,同时基于对你理解能力的认可会用讲道理的方式进行仔细说明。反过来说,他们可能觉得情绪化的呵斥对我们是没有用的。"

不过遇到有学历情结的人，也会被说"东大毕业连这点事都做不好吗""明明是东大的"这种话。如果在一个东大毕业生较多的环境里把事情搞砸，就会被说"东大的不应该啊"。总之，"东大"这块牌子如影随形。不分男女，东大毕业生大多有这样的感受。

还有些无理要求是因为"女性"的身份而产生的。她在作为顾问跟各色各样的客户接触过程中，直到现在依然会遭遇歧视性言论。"不论多么优秀的顾问，如果是女性，作为管理层就会对其有抵触心理，所以我们公司无法接受。""女性在头脑方面总归是不如男性。"诸如此类的言论很多，实在令人瞠目。

青山从东大毕业后，就职于一家以体育会系①风气闻名的人力资源公司。"但我跟他们的日语合不来。"因为那里实在太多情绪化的日语，对问题的解决没有帮助，让人觉得很心累。

她也遭遇过领导的学历情结。一位GMARCH毕业的体育会系领导，曾当着她的面说过："老子就没见过会办小事的东大毕业生。"

"他明知道事情没办好跟出身校没有直接的因果关系，却故意拿学校名字来做文章。我感觉他对我有一定的敌意，故意说难听的话来挤兑我。"

很多人会根据对方的性别、年龄、学历、收入来改变自己的态度。对于那位领导来说，可能只有学历不如人这一点，让他感到有些窝火。

不过，也可能是因为工作方法和思维方式的不同。

---

① 日本大学体育类社团的组织文化。靠耐力和毅力克服困难，重视上下级关系，对前辈的命令要绝对服从。

"东大生解决问题倾向于一个人深思熟虑。这可能是孤独的备考过程中延续下来的习惯。相应的,他们不喜欢跟其他人商量,做出决定前需要花费的时间也比较多。"

　　这种风格,肯定有人适应,也有人不适应。

　　青山说,从东大入学考试的答题纸就可以看出东大生的性格。

　　"东大的入学考试很多论述题,答题纸上印有规定了字数的格子。它考察的是一种技能,需要学生准确理解试题,并在规定字数的格子内总结成文。而京大的答题纸是空白的。它给学生传递的信息是,可以根据自己的个人风格作答。答题纸的不同,很好地体现了东大和京大学生气质的不同。从这个角度来说,只要给东大生设定好课题,他就可以发挥出最佳水平。但进入社会后,他可能需要花较长时间来学习如何由自己来设定一个确切的课题。"

更适合男性发展的企业环境

　　我采访了一位大型金融公司的高管,冈部太郎(化名),四十出头,不是东大出身。他手下的员工里既有"东大女子"也有"东大男子"。

　　"毋庸置疑,东大生的理解能力是非常强的。他们在解决给定问题方面有着绝对优势。但是要想在普通公司,在人和人有机结合的组织中顺畅地开展工作,察言观色、随机应变、待人接物的条件反射能力这些往往更加关键。而这方面的能力,东大毕业生在入职的时候会比其他学校的毕业生要弱一些。"

所谓"待人接物的条件反射能力",指的应是非语言的沟通能力。不需要他人用语言给出明确指示,而是自己根据周围人的表情、举止、语气、氛围判断接下来应该采取的行动。

这跟"察言观色的能力"是类似的。虽然做过头会变成"同侪压力"或"墨守成规",但人们大部分的交流依靠的是非语言沟通,这方面不能顺利进行的话,就容易产生人际关系上的障碍。

正如前面青山所分析的,比起"共情""情绪"这类非语言要素,东大生对"概念""逻辑"之类的语言要素反应更加敏锐。相应的,他们不擅长非语言沟通也可想而知。

"即便如此,'东大男子'在男性社会中摸爬滚打,可以获得较多的历练。在这方面,'东大女子'处于劣势,因为缺乏历练,就会导致职业发展上的差距。"

冈部所在的公司是典型的日企,以男性为主导。正式员工分为普通的综合岗和带附加条件的综合岗两种。带附加条件的综合岗几乎都是女性在做,里面有早大或庆应毕业的女性,但没有一个是"东大女子"。所有"东大女子"都是普通的综合岗。普通的综合岗的男女比例为20∶1。

虽然社会上在提倡男女共同参与和女性发展,但企业的体制还是完全由男性主导的,并没有发生改变。年轻的男性员工可以自然地适应男性社会的规则,在略显粗暴的指导下快速成长。作为绝对少数的女性员工,本来适应男性社会就不容易,再加上周边的顾虑,发展机会比男性员工要少很多。

"不让这样的状况发生,是领导的职责所在,但实现起来非常困难。如果跟男性员工一样对待,有可能被指为职权骚扰或性骚扰,所以领导也容易变得谨小慎微。电通的高桥茉莉就是因为过度地想要适应男性社会,所以才不堪重负的吧。"

当然就算是面对男性员工,职权骚扰和性骚扰也都是被禁止的。但同性之间的人际关系和异性之间的人际关系,距离感是不同的,这也是事实。

男性员工可以通过失败获得成长。周围的男同胞也会提供一种安全感,让他不再害怕失败。但女性员工,尤其是"东大女子",因为极度害怕失败,容易过分谨慎,从而错失更多的发展机会。

"她们面对否定意见时的抗压能力比较弱,所以我这边也尽量使用讲道理的方式进行说明。可这时候她们又会给出煞有介事的理由。比起如何打开眼前的局面,她们看起来更加执着于证明自己的正确性。在这个意义上,确实很难相处。"

特别是刚进公司的新人,领导希望他们尽可能多地完成70分的工作,但"东大女子"倾向于把一项工作做到120分,把大量的时间消耗在这上面,有时到最后只能由周围的同事来替她买单。

"在这个过程中,成长的差距就会在工作绩效的差距上体现出来。我的部门里有工作两年的'东大女子'和工作一年的'东大男子'。工作一年的'东大男子'才入职半年,在工作绩效上就已经远远超过工作两年的'东大女子'了。"

那位"东大女子"当时被很隆重地分配到了现在的部门,自然而然,周围人对她的期待值都非常高,自己也是斗志昂扬、充满干劲。可是一直拿不出成果来,慢慢地就变得安分守己了。

"那位'东大男子'确实从一开始就非常优秀出众,但在成长速度上拉开如此大的差距，与其说是个人的问题，不如说是因为原本的企业文化就是面向男性的这一结构性问题。这点上女性员工是吃亏的。等工作六到七年，优秀的人才就会崭露头角。到那时成果就是一切，学历什么的就无关紧要了。很多东大生都是在这个过程中才第一次尝到失败的滋味。"

眼看着跟自己一起进公司的同事升职加薪，心里难免会感到不甘和焦虑。只不过男性员工身边，跟自己一样失意的人放眼望去就有几百人之多。大家可以一起借酒消愁，彼此安慰"咱们也在各自的领域拿出成绩来"。

但综合岗的女性非常少。"东大女子"，一年就几个。其中哪怕一个人先得到认可，剩下的东大女子就会开始着急。冈部说，正因为总体太小，"东大女子"容易过分看重同伴之间的排位顺序。

"人一旦变得着急短视，就会误以为被否定的是自己的人格，而不是手上的工作。其实是客观上的工作成果不如人，自己却不愿意承认。周围的评价和自我认知之间逐渐出现落差，最后导致对人际关系和职场的不信任。"

这就是优秀的"东大女子"在男性主导的企业文化中被埋没的悲剧。"东大女子"一毕业就会面临这样的陷阱。作为规避陷阱的方法，冈部给出了以下建议。

"虽说改变由男性主导的企业文化刻不容缓，但现实并没有那么简单。过渡阶段入职的女性员工是很辛苦的。在对男性有利的规则下，跟男性一样做事对女性来说是不公平的。但反过来说，如果一个公司都是男性，那女性本身就是一个特殊的身份。与其在男性社会里跟男性一样做事，有时不如选择在男性不擅长的领域发挥自己的能力。这绝不是耍手段玩花样,我认为从结果来说这样能更好地适应现实。"

适合商社的"东大女子"是稀有品种

中岛智则(化名)和远山直树(化名)都在一家大型综合商社工作到第二年。这家公司会给每位新员工配一位职场导师,一般是已有五到六年工龄的前辈。中岛和远山的职场导师都是"东大女子"。

"完全没想到职场导师会是女性,而且温柔又漂亮。我们两个人都暗自窃喜,觉得自己太幸运了。"(中岛)

看了一下照片,两个人的容貌都如女播音员般秀丽端庄。中岛和远山争先恐后地夸赞自己的职场导师是多么优秀,人品有多么好,作为女性又是多么有魅力。

"我的导师A,特别温柔。也很会替人着想,但又非常认真,完成的工作数量和质量都不得了。只要交给她,不管什么事都能一口气解决。"(远山)

远山对A简直可以说是崇拜。他跟A所在的是会计部门,在商社里属于幕后人员。A是自己主动申请调到这个部门的。

"会计工作要求快速、准确和耐心,这正是东大毕业生擅长的领域。"

顺便说一下,远山是庆应毕业的。

"不过A最近跳槽了,去了一家IT公司,待遇比现在更好。上班最后一天,超多人来大堂给她送行。估摸着有几百人吧。可见大家有多么喜欢她。"

A正值而立之年。东大毕业后，进入日本屈指可数的大型商社工作。在那里跟比自己年长的职场精英结婚，自己的事业也蒸蒸日上。毋庸置疑，她是一个"东大女子"的成功案例。

中岛对自己的导师也是赞不绝口。

"B跟一般'东大女子'的形象完全不一样。"（中岛）

中岛自己也是东大出身，说B给了他以下的建议。

"我们这个部门，在商社里面也算特殊的。只要好好做正确的事，就能得到公正的评价，是一个讲道理的环境。但真实的社会，比如去到其他部门，很多时候只讲道理是行不通的。如果一直在现在的部门合理地做正确的事情，你一辈子也就是个普通的东大生。最好去一个更加不讲道理的世界，经历更多磨炼。"

跟远山一样，中岛和B所在的部门也是以事务工作为主。跟公司内部人员打交道的部门，相对来说办事是比较合理的。这些地方可以充分发挥东大生的特长。但作为商社人的初衷，是要跟外面的客户，尤其是海外的客户打交道，这种时候，公司内部的道理是完全派不上用场的。考虑到长期的职业发展，如果不在年轻的时候多经历一些磨炼，将来会很辛苦。这是B给中岛的忠告。

中岛顺从地听取了敬爱的导师B给出的建议，并且主动提出申请，接下来两年将前往发展中国家开展工作。

"在海外开拓新业务时所需的能力，跟东大的入学考试要求的能力肯定不是一个级别的。对于擅长考试的东大生来说，那可能是一个非常不舒服的地方。正因如此，现在的我需要一个到那边进行学习的机会。前辈的建议让我意识到这一点。"

大型综合商社可谓男性社会的代名词。这样的公司适合"东大女子"吗？

"不，一般的'东大女子'是不适合商社的。那两人是稀有品种。"（中岛）

确实，一流商社对东大男生来说是就职热门，但东大女生非常少。日本的商社是标准的男性社会。中岛和远山异口同声地认为这样的氛围不适合"东大女子"。

然而早大和庆应的女毕业生却不少。

为什么一般的"东大女子"不选择商社呢？

"她们应该就没有给商社投简历。民营企业的话，她们考虑的多半是外资咨询公司这些。我找工作的时候也有去这些公司，在那里经常能碰到'东大女子'。估计是因为外资企业的工作环境对女性更加友好。"

跟中岛和远山一起入职的"东大女子"只有一个人。

"像我们这类公司，不借助别人的力量只靠自己的话什么事都做不了。而东大出身的人习惯跟他人划清界限，什么都自己来。这种特性容易适得其反。比如公司里也有'东大女子'坚持按时上下班，坚持不参加酒会。虽说这也是一种工作方式，但跟商社的企业文化格格不入。能出成果的话也好说，但很多时候都是白费力气。她越是坚持，我们看着她自己越是痛苦。"（中岛）

"不喜欢酒会和社交的人，就不适合在商社工作。"（远山）

"在这点上，B不仅经常出席酒会，还会自己策划跟其他部门的交流活动。我感觉她在男性社会里充分发挥了自己的女性特质。"（中岛）

"A也一样。"(远山)

"这样说来，入职后接受B的指导以前，我也有过类似的想法。希望坚持自己的道理做事。但公司里面有很多人，虽然不擅长考试拿高分，但身怀其他绝技。考试成绩在进入社会之后并没有太大的意义。能认识到这一点的人，即便是东大出身，我感觉也能很好地融入进来。"(中岛)

在跟中岛和远山对话的过程中，我们发现了A跟B的共通点。她们二人都曾是"SPO爱"的成员。

第1章里介绍过，"SPO爱"是东大女生也能参加的网球社团之一。这样的网球社团，在东大只有两个。它的正式名称是"东京大学SPORTS爱好会"。

"SPO爱里面聚集了不仅喜欢网球，还喜欢其他各类运动的人。在东大的社团中，比较喜欢社交的人都聚集到了这里。说不定就是那里的氛围很适合商社！"(中岛)

习惯了跟"东大男子"相处的社交型"东大女子"，进入日本一流商社后，也能在男性社会中发挥自己的实力，将高学历男子们调度于股掌之间。这虽然是从结果倒推，但也可算是一种解释。

阻碍女性发展的四种偏见

为慎重起见，在此我想先做一个说明。一般而言，在男性主导的社会中女性的发展非常受限。不仅如此，对女性的"客观评价标准"本身可能就已经包含了无意识的偏见，其实并没有那么客观。

IT企业Facebook正在全球范围内进行员工培训,目的是帮助员工们察觉自己内心深处存在的对性别和种族的偏见,并有意识地对其进行修正。

培训主要针对以下四种偏见。分别是"成果偏见""绩效归因偏见""能力-好感权衡偏见"和"母性偏见"。

在男性主导的社会中,女性本身就容易受到比男性更严格的评价。这就是"成果偏见"。雇佣和提拔男性时往往是看中他将来的潜力,而雇佣和提拔女性时则要求她拿出实际成果。

另外人们还倾向于认为,男性成功靠的是自己的实力,而女性成功则不然。这就是"绩效归因偏见"。哪怕做同样的工作,人们往往更加认可男性的贡献,女性则要承受更多失败的压力。

"能力-好感权衡偏见"指的是"女性能力强会遭人厌"的倾向。女性领导只有在展现女性魅力的时候才会得到正面评价。既要保持女性魅力又要拿出工作成果,这就使得女性很难发挥出强有力的领导能力,继而影响到她们的雇佣、晋升和谈判。

最后"母性偏见"说的是"母亲无法成为一名好员工"的思维定式。成为母亲的可能性,会让女性遭遇职场上的性别歧视。

培训中还提供了学术论据来说明偏见的存在。正是这些偏见构成了阻碍女性发展的枷锁和所谓"玻璃天花板"的原材料。

更有意思的是,有一项研究表明"越是自认能力主义的人和组织,实际工作中越难出成果"。认为自己可以遵循能力主义对成果作出客观评价的人和组织,往往没有意识到自身内部存在的偏见,以至于更多的潜力得不到充分发挥。"客观评价"这个概念本身就值得怀疑。

所以在本章提到的事例中,有些对女性员工的评价比如"工作达不到预期""很难出成果""白费力气"等,如果不加分辨地全盘接受,对她们来说很可能是不公平的。

能花钱解决的事情尽量花钱解决

三崎俊郎(化名)从东大理科一类升入工学部,2002年从研究生院毕业,作为一名交易员就职于外资证券公司。虽然有随时被解雇的风险,但外资证券公司的交易员一下子就能拿到上千万日元的年薪。这可不是谁都有资格挑战的工作。当时部分高学历男性之间的口口相传,让这家公司成为了就职热门。

三崎在学生时代参加的是校内社团"SPO爱"的网球部,交往的女性全都是女子大学女生,单身的时候也很受欢迎,用他自己的话说"是个花花公子"。

年近三十的时候,在东大朋友的婚礼酒会上遇见了现在的妻子。她是东大法学部出身,也参加过"SPO爱",两人本来就认识。作为一流商社的销售,她工作起来"跟男人一样卖命"。"SPO爱"出身的"东大女子"跟商社的匹配度貌似还不错。

"我希望自己的结婚对象头脑聪明,热爱工作。考虑到孩子,母亲还是聪明一些的好,也希望两个人能一起工作。"

虽说他是一位东大研究生毕业的超级精英,但完全没有架子,非常放松洒脱。

"我只不过后期考试的时候碰巧考上了。因为不想工作,所以念到了研究生。在东大里面我毫无疑问是个学渣。"

他读的是东京都内一所有名的私立中学,每年都有大量学生考上东大,所以对考上东大这件事他并没有太强的自负。

结婚后,妻子很快就怀孕了。

妻子理所当然地请了育儿假,不到一年就又回归了职场。她利用了缩短劳动时间的制度,这在21世纪初还是很少见的。

他们决定能用的制度都要利用起来,能花钱解决的事情就花钱解决。

"洗碗机我们马上就买了。不过扫地机器人买错了。带孩子的时候地板上堆的东西实在太多,机器人根本就转不起来。所以马上又拿去二手店卖掉了(笑)。"

妻子的母亲一周会来一到两次帮忙做家务,另外还请了每周一次的家政服务,必要的时候还会叫育儿保姆,有时事情没那么紧张的时候也会让保姆过来,帮助维持生活的节奏和孩子的情绪稳定。

即便如此,妻子早上还是得一个人带孩子去保育园。因为交易员的工作性质,三崎每天都要很早上班。

"跟普通的日企比,外企的时间管理相对宽松,工作和生活是比较容易平衡的。不过第二个孩子出生之后,我也开始觉得要抽更多时间照顾家庭。妻子曾经跟我抱怨说'为什么都是我一个人'。"

后来,一家人搬到了郊外,因为妻子的一个重要客户在那边。虽然对三崎来说,上班路上要花更多时间,但为了妻子能够安心工作,三崎痛快地答应了。

"那时候的生活真的非常开心。周末就带孩子骑自行车去海边。那样悠闲自在的时光,在市中心是享受不到的。"

妻子在郊外的工作任务圆满完成,两年后又举家搬回市中心。

生完第一个孩子隔了一段时间,第二个孩子也出生了。

刚生完孩子那段时间,工作节奏总归是要放慢一些的。不过妻子也不着急,专心做自己力所能及的事情。然后当机会出现的时候,就毫不犹豫地抓住它。丈夫、娘家、家政服务、育儿保姆,充分调用身边所有的资源,以团队的形式处理育儿和家务,实现了家庭和工作的平衡。

第二个孩子5岁那年,妻子又抓住了新的机会。她申请调到新加坡工作。三崎则继续留在东京。

"我问两个孩子,是跟爸爸留在东京,还是跟妈妈去新加坡,结果两个人都选择了妈妈。我本来想让一个跟着爸爸的(笑)。"

三崎一个人在东京过着自由自在的生活,而妻子却要在新加坡这个陌生的环境一个人带两个孩子。到底是怎么运转过来的?

"在新加坡有常驻的女佣包办所有的事情。比起我在日本磨磨蹭蹭地做家务不知要轻松多少(笑)。"

这是在日本大公司工作的好处。外派到海外,可以享受非常优厚的待遇。

但问题还是会发生。妻子去新加坡大约一年后,三崎所在的部门从日本撤离,他也在解雇名单中。不幸中的万幸,三崎的部门最后被新加坡分社合并,后来三崎也调到了新加坡,在那里继续工作。合家团圆就这样实现了。当然这只是单纯的运气好。

用一年时间完成交接工作后,三崎回到了东京的家。第一个孩子正好要上高中,所以也跟着一起回来了。他考上了有名的重点高中,应该是在新加坡时就开始备考了。

三崎一个人每天早起做便当,完成所有家务。没过多久,他的新工作也找好了。日本的证券公司看中他的交易员经验,给了他一个没有正式编制的专业技术岗位。虽然年薪跟原来的外资证券公司相比大幅减少,但跟普通的上班族比起来还是绰绰有余。

顺便一提,所有的房租、学费、生活费等,三崎花的都是自己的钱。妻子的收入原封不动地存在她自己的账户里。在一流商社工作的妻子,年薪远远高出普通家庭收入的平均水平。两人虽然没有资产,但也可以说是属于超高收入阶层,不愧是一对东大夫妻。

"我的想法可能意外地有些保守,还是会觉得'男人的面子'很重要。不论妻子是多么优秀的女超人,家里的顶梁柱还得是自己。除了赚钱,我也没有其他地方能跟妻子比了。她还是个武术高手,我连体力都比不过她(笑)。"

三崎回到东京大约半年之后,第二个孩子也回国了。

"像单亲爸爸一样照顾两个孩子,真的很辛苦。话虽如此,其实做饭、洗衣、打扫等所有家务都是请家政公司来做的,一周四次,一次三小时(笑)。"

又一个半年之后,妻子也回国了。

"新加坡的女佣,人特别好,我还想过把她也带回日本来,但最后因为签证的问题放弃了。"

现在,三崎负责做早饭,妻子负责给孩子们做便当,每周请两次家政服务,让他们提前做好一个星期的饭菜,一次性做完一整个星期的家务。

"在一个彻头彻尾的男性社会,可以发展得如鱼得水,真的是女超人。普通女性的话应该早就灰心泄气了。我这个妻子实在厉害,佩服。"

我问他,如果妻子不是"东大女子"的话,觉得自己的人生会如何呢。

"肯定更加大男子主义吧(笑)。"

丈夫所在公司的企业文化也很重要

渡边咲子(化名)从东大法学部毕业,就职于某银行。

"在那个被叫做就职冰河期的年代,一流企业的女性名额只开放给特定的大学。同样东大毕业,但因为给女性的名额特别少,只能大家一起竞争那几个有限的名额。"

当时,作为综合岗被招进公司的人里,她是唯一的女性。因为部门里的东大毕业生有很多,所以"东大毕业"并不稀罕,但她有时会在意自己的"女性"身份。周围都是"东大男子"这一点,倒是跟学生时代并没有什么不同。

调到关西工作之后,经常会被问到:"为什么上东大呢?"那时才开始意识到自己东大毕业这层身份。再后来,所在的银行跟几家城市银行合并,变成一家超大型银行,有了更多跟东大以外的人一起工作的机会,但在聊天的时候她会尽量避免学历相关的话题。

在朋友的婚礼上遇见现在的丈夫,他在日本屈指可数的某大公司工作,也是东大毕业生。夫妻二人都是一流企业的职场精英,可谓衣食无忧。

婚后不久有了孩子,咲子请了育儿假,仿佛天经地义。其实咲子的收入更高,但由丈夫来请育儿假这个选项根本就没有出现过,连讨论都未曾有过。

休了一年的育儿假回到公司,领导问她还想不想生二胎,因为没有给出明确答复,所以她只给安排到了一个闲职,做的工作也都不是自己的专长所在。

咲子深思熟虑后做了一个大胆的决定。长此以往,不知何时才能回到自己热爱的工作岗位,既然如此,与其等公司给自己安排工作,不如自己创造一个环境,一边带孩子一边做自己喜欢的事情。

于是她辞了职,创办了自己的公司。之后又怀了二胎,现在既是两个孩子的母亲,也是公司的董事长。

咲子的丈夫说:"妻子现在的工作,可以把之前被埋没的女性魅力充分发挥出来。另一方面,作为两个孩子的母亲,只需五分钟就可以给他们做好便当,家务事也一样不落。她的行动力和实践力实在不容小觑。"

丈夫在他的能力范围内,负责洗衣、洗碗、倒垃圾、清洁浴室、接送孩子上幼儿园、处理周末的杂务等。特别是周末,他会尽量安排多一些时间来陪孩子们。

"因为我还会帮孩子们看作业,自己感觉是承担了三成的育儿工作,但在妻子眼里好像只有一成(笑)。剩下的九成是由妻子和家在附近的丈母娘承担。夫妻双方都工作,丈夫也要参与育儿是今后的趋势。我本来也想更积极主动地帮忙,但孩子出生后比之前想象的要辛苦太多了。结果育儿的压力大部分都落在妻子身上,甚至让她放弃了自己的事业,我觉得很是愧疚。"

如果丈夫可以更好地把控自己的工作,说不定咲子就不需要辞去工作了。但这事也不能怪丈夫。丈夫所在的公司也是有深厚传统的男性社会氛围。这个行业的工作方式，可不是靠个人的努力就能轻松改变的。

结婚的时候，咲子也没有预料到，丈夫工作单位的企业文化会成为一个隐患。

咲子以自嘲的语气说道："他在某部门的时候，每周一早上7点就要开会。所以我每周一早上都要往自己装电脑的包里塞两个孩子的被子套装，用自行车一前一后地载他们去保育园。估计谁都想像不到我身上还带着两个孩子的被子、毯子和床单。"

面对咲子，我脑海里浮现的词汇已经不是"女性的活跃"，而是"狮子的勇猛"。虽然毕业后遇到了太多不合情理的事情，但她仍为自己当下所做的每一个决定感到骄傲。

这个案例告诉我们，"东大女子"嫁给在日本传统大企业工作的"东大男子"之后，也可以自己创造一个环境，让自己的人生既不落入传统的窠臼，也不为"玻璃天花板"所限。

下面是咲子给在校的"东大女子"们的建议。

"东大女子"，在她们以往的生活经验里，所有事情只要通过自己的努力就能解决。可是出了象牙塔等待她们的又是另一番不同的局面……哪怕按照规章制度办事，还是有很多地方对女性来说是不友好的。

"东大女子"会觉得"不合情理"的事情比普通人至少多一倍。我自己过去的经历是这样，身边的朋友们也大多如此。针对这一点，我建议大家最好有意识地放松心态，接受自己改变不了的命运。

如果能持有多元化的价值观，辞职也可以看作是一个机会。人生中有很多美丽的风景，是一心只想着升职加薪的人所无法看见的。

我已经年过四十。在银行的话，有些人可能要面临劝退离职了。等那时再来寻找别样的风景是很不容易的。在这个意义上，带孩子是难能可贵的经历，不论对女性还是男性来说。

但遇到机会还是要毫不犹豫地抓住。哪怕有困难，一边做一边想办法就好。

寻找人生伴侣的时候，除了喜不喜欢、性格合不合拍以外，还应该确认好对方能不能以同样的心态看待自己和女性的职业晋升。

家务和育儿有很多活是可以外包的，但有些时候还是得拜托各自的父母。这时候就看哪一方更愿意妥协了。如果跟一个不能平等对话的人结婚，那将来一定会后悔。我们家也花了大量时间来填补认识上的落差。

"东大女子"适合出版行业

"东大女子"的能力本来就非常强，如果学会适当放松的话，那简直是如虎添翼。我们可以看到，有她们在，一成不变的日本大企业上面那层"玻璃天花板"也被顶得越来越高。

有人会说"她们在'东大女子'里面也算是精锐部队吧"。可能确实如此。不过请放心，"东大女子"的选择不是只有这些都是大老爷们的日本大公司。

酒井理惠（化名），就职于一家大型出版社，主要负责女性杂志的编辑工作。因为女性本来就很多，所以基本没有受到过性别歧视。

另外出版行业只要是在一线工作，都没有学历要求。她身边就有很多不是名校出身，但非常优秀的作家、摄影师、设计师、造型师等。大家都是靠自己的专业技能做事，所以跟他们一起工作也不会遇到学历情结这类问题。在这里可以堂堂正正地做一名"东大女子"。

酒井现在三十出头。在文学部读大三的时候开始跟同班同学交往，然后直接结婚。丈夫也在出版行业工作，但对工作的热情并没有那么高，是那种"不想去公司上班，想一直在家带孩子"的类型。他也绕过一些人生弯路，辞掉本科毕业找好的工作去念研究生，但最后还是去了一家跟原来差不多的公司工作，因此也不是世人刻板印象中的"东大男子"。

虽然他们是在学期间就开始交往的典型东大婚，但酒井说自工作以来基本没有过什么东大毕业的身份意识。

"找工作的时候，比起一份体面的工作，还是应该选择自己真正热爱的工作。还要考虑到生孩子后的工作与生活的平衡。为此，选对人生伴侣是非常重要的。进入社会后，肯定会遇到不在乎'东大女子'这个标签的成熟男性，没必要在上学的时候就着急找结婚对象。我的东大女性朋友里面，还有人的另一半给她做全职主夫的呢。"

成为全职主夫的"东大男子"

堀込泰三是《育儿主夫青春物语：家人比"东大毕业"更重

要》（言视舍，2012年）一书的作者。跟书名一样，他作为一名东大研究生毕业的全职主夫，多次接受媒体采访，倡导男性生活方式的多样化。

他原来在一家大型汽车厂商工作，跟当时还在东大研究生院担任研究员的妻子结了婚。长子出生后，妻子因为签的是只有一年期的合同，很难请育儿假。而堀込所在的大公司育儿假制度非常完善，所以由他向公司申请了两年的育儿假。这样两个人都不需要辞职。

后来妻子去美国留学，他也跟着去美国带孩子。中途育儿假到期，他把母子两人留在美国一个人回国复职。

然而从全职主夫到单身赴任的生活转变让堀込尝到了撕心裂肺的痛苦。妻子也因为一个人带孩子而感到疲惫不堪。复职后四个月，堀込选择离职回到了美国。现在全家人都住在日本，堀込在家里一边做翻译的工作，一边继续过着主夫的生活。妻子则在一家民间的研究所工作。

这是一对调换了通常男女角色的东大婚夫妻。

男性成为主夫的选择看似新奇，但堀込选择成为全职主夫仍是基于一种传统价值观，即"孩子小的时候，父母其中一方要陪在身边"。

堀込如果坚持工作，他这辈子的收入应该能达到4亿日元。换句话说，堀込是用4亿日元换来了和孩子相处的时间以及全家人的笑脸。这也是一种人生选择。

同样选择成为全职主夫（主妇）的人，因为有"男（女）""东大生"等身份标签，世人对他们的评价也会很不一样。男性成为全职主夫，世人会指指点点说他是个"小白脸"。现实中，堀达也在网络平台上被这样奚落过。不过堀込还是很积极乐观。

"我是男的，成为主夫会让大家觉得很新奇。由于是我的自主选择，所以我非常享受现在的生活。家里也是笑声不断。迫于'女性'身份而成为主妇的女性说不定比我要辛苦得多。"

堀込说他其实并不想把"东大"放进书的标题里。因为他的选择跟东大毕业并没有关系，他只是想告诉世人，男性也可以选择休育儿假或是成为全职主夫。但现实是，只有"东大生"和"主夫"之间的反差才能引起世人的兴趣。同理，"东大女子"这个四字短语之所以成立，也是因为"女子"和"东大生"之间会让人感到一种反差。

作为一名主夫，堀込说他无法想象在夫妻俩都是正式员工的情况下，如何一边带孩子一边经营家庭。日本企业对员工的工作要求和育儿之间的兼容性非常低，堀込对此有切身体会。

"我也考虑过再就业，但以缩短劳动时间为前提的话基本是不现实的。说会给妈妈们安排闲职，其实跟性别没有关系。现在这个社会从根本上就不适合一边带孩子一边在组织里工作。我觉得双职工家庭的夫妻真的是很厉害。"

就算是律师，明治大学毕业的也不行

佐藤祐子（化名）推着婴儿车来到了约定的采访地点。婴儿车里躺着刚出生四个月的男宝宝。她毕业于东大法学部，是一名律师。被派往中央政府机关时发现自己已经怀孕，属于未婚先孕。现在还在休育儿假。

她是在偶然参加的一次律师酒会上遇到了现在的丈夫。他比她小一岁,那时刚刚通过司法考试,还是一名司法实习生。

"他学生时代的成绩非常好,最后司法考试却没有通过,一度灰心丧气,浑浑噩噩地又勉强坚持备考了一段时间。我也考了好几次,可以理解他的心情。"

所以她完全没有看不起他的意思。加上两人年纪相仿,很快就聊到了一起。开始交往没多久,两人就开玩笑说起"将来想要个孩子"的事,但没想到那么快就真的怀孕了。佐藤急忙安排他跟父母见面,结果却意外地遭到了家人的强烈反对。她还在介绍"我现在在跟这个人交往……"的时候,就被立马否决了。自己的娘家倒成了结婚最大的障碍。

"简直被说得一无是处。一直提他没通过司法考试的事,后来还拿他明治大学毕业的事情出来数落。总而言之,就是出身校歧视。"

虽然他失败过几次,但最后还是通过了司法考试,跟东大毕业的女儿拥有同样的律师资格,但父母还是对中间的过程不满意。"我们家女儿可是法学专业的金字塔尖东大毕业的,为什么要找一个明治的丈夫呢。"气氛紧张到她连已经怀孕的事情都说不出口。

她和父母不知吵了多少次。后来想着可能见一面就好了,就强行把他带回家跟父母见面,没想到等待他的是一场压力面试。

"你为什么考试失败了那么多次?"

父母的话里句句带刺,怀孕的事最后还是没能说出口。他回家之后,父母还是没有停止挖苦。

"那个男的,好像脑子不太聪明。"

佐藤是独生女,出身于一个高学历家庭。父亲原来是高官,母亲也是干练的职业女性,在她那个年代还是很罕见的。

跟父母的交涉没有进展。佐藤决定离开家,跟男朋友同居。就在离开家门的紧要关头,她终于说出了已经怀孕的事实。家中顿时陷入混乱。

"结婚的事就不要想了!"

"不可能,我们连孩子都有了!"

扔下这句话,她就头也不回地离开了家。

"但说实话,我想了很多。比如,把孩子生下来真的好吗?是不是现在分手会更好?不过那时我又想起来一些事。我以前交往过的东大男生跟我分手后,交了一个新的女朋友,但也是因为新女朋友的条件不是太好,遭到了父母的反对,婚就一直没能结成。我不想重蹈覆辙。"

面对已经怀孕的既成事实,父母也没了办法,态度慢慢地柔和下来,现在还会帮忙照顾外孙。

我问今后有什么样的人生规划,她说:

"这是他成为律师的第一年,所以我的收入比他高。我想按时回到工作岗位上班。有了孩子当然要多抽一些时间照顾家庭,我并不介意为此延后自己的职业发展。反正又不会死(笑)。"

佐藤还向我介绍了跟她同龄的"东大女子"们的各种近况。

年轻时结婚生子的同龄"东大女子",为了平衡工作和家庭过于拼命,"我看着都觉得辛苦"。这正是"育儿假世代"所面临的困境。

"可能'东大女子'还是不要有太强的事业心,生活才会更加幸福。"

反倒是30岁以前拼命工作，等事业稳定之后结婚生子的"东大女子"，现在的生活更加从容，而且她们的结婚对象，很大概率不是"东大男子"。

"应该说随着阅历增加，人际交往的范围会扩大，人生的价值观也会变得更加丰富。"

丈夫休育儿假支持职场女强人妻子

熊泽英子（化名），老家在山口县，上的是东大文科二类，却对建筑感兴趣。但从文科二类转建筑学科实在过于困难，最后还是从经济学部毕业。研究生阶段才开始学习建筑。

研究生毕业后，她就职于知名建筑家的事务所，经常同时负责多个大型项目，世界各地到处飞。工作强度非常大，每天都是凌晨到家。即便如此，她还是很享受。她觉得像自己这样的工作狂人，肯定是没可能结婚了。

但现在40岁的她已经是两个孩子的妈妈了。工作也没有放弃。和丈夫拓也的相遇改变了她的人生轨迹。拓也小她十岁，并不是东大毕业。

刚认识的时候，拓也在民间信贷机构工作，在职场上受到权力霸凌，开始怀疑以工作为中心的人生意义。所以正好是他正在调整状态的时候。英子的直觉告诉她"跟这个人可以走下去"。

之后的一切都是按照他们的计划进行。

从4月送孩子上保育园开始推算，他们备孕时把预产期定在了10月。成功怀孕后，拓也立马申请了育儿假。因为没有先例，跟上司的交涉并不顺利，最后是人事部帮忙松了口。

反而是英子没有申请育儿假。为了把对工作的影响降到最低，她甚至选择了计划无痛分娩，事先指定了分娩日，只休了六个星期的产假就重回职场。

拓也申请到了四个月的育儿假，跟重回职场的英子交接棒。他会事先定好一整天的时间表，然后每天按计划执行。令人惊讶的是，他甚至还自己安排了练习吉他的时间。

英子做饭的手艺也是一流的。所以不论每天工作到多晚，晚饭一定是由英子来下厨。

"带孩子和家务全都交给拓也，如果我连一顿饭都不做，那就跟那些埋头工作、家里的事一概不管的臭男人没有分别了。"（英子）

回归职场后，为了避免收入的减少，拓也没有选择利用缩短劳动时间的制度。不过他到了17点就会准时下班，18点去保育园接孩子。早上则由英子送孩子上保育园。英子去海外出差的时候，拓也会早点送孩子去保育园，然后去上班。

拓也回归职场的时候，其实新的计划已经启动了。在他的育儿假期间，英子怀了第二个孩子。这也是按计划在进行。

"为了尽可能缩短育儿时间，我们想再生一个挨肩儿的孩子。而且4月上保育园的申请期限是到1月初，所以最好年底能生下来。我们也按照倒推的时间表安排，成功怀上了老二。"（拓也，下同）

在第一个孩子的育儿假期间，他又递交了第二个孩子的育儿假申请。人事部负责人一开始也很惊讶，不过还是支持了他的选择。因为遵循男女共同参与规划社会的宗旨，实现多元化的工作方式也是人事部的任务。

刚生完孩子的时候，因为还要照顾大一点的孩子，丈母娘赶来帮了忙。母子平安出院后，拓也的育儿假就开始了。

"不过妻子回归职场之后真的很辛苦。和第一次育儿假最大的不同，就是还有一个大孩子需要照顾。虽说有保育园，但一个人带两个孩子确实比想象的更吃力。而且小的那个比大的要更折腾人。有了第二个孩子才发现，大的那个晚上也不哭，特别聪明懂事，所以带起来那么省心。以前听其他父母说带孩子很辛苦，原来是这么回事。"

按照他们的计划，小的孩子4月也开始上保育园，拓也回归职场。这次他利用了缩短劳动时间的制度。虽然收入会减少，但妻子也因为工作分身乏术，只能弃车保帅。缩短早上三十分钟、傍晚一小时的工作时间，用来接送孩子上下学。

即便如此，工作和家庭两头奔波，好多次他都感到精疲力竭，再次深刻体会到夫妻双方都全职工作是没法带孩子的。

"我有一度对带孩子和做家务完全失去了信心，是我妈妈和丈母娘给了我鼓励。

"给家里打电话的时候，不小心说了些丧气话。于是妈妈跟我说：'拓也你已经做得很好了。你们夫妻俩谁也离不开谁，要相互支持，振作加油哇！'我当场泣不成声。

"丈母娘那边，我把对带孩子和做家务失去信心的事，以及收入越来越少觉得很丢人的事，都跟她直说了。她跟我说：'带孩子和做家务也是了不起的工作。我老公是什么都不管的人，所以我非常理解你的痛苦。不过正因为有你在帮忙做这些，英子才能安心工作啊。所以你完全可以更加昂首挺胸为自己感到骄傲。'那时候，我强忍泪水才没让自己哭出来。

"我发现自己身上还是有那种肤浅的男人的自尊心。直等到最后一刻才发出求救信号，不擅长示弱，总喜欢逞强。"

其实拓也所面对的不仅仅是带孩子和做家务的压力。第一个孩子的育儿假后，拓也就遭到了父权霸凌。公司会给积极参与育儿的男性员工穿小鞋。"主张育儿假的权利以前先尽到自己的义务吧。""那你要干两倍三倍的活。""午休十分钟就够了。"这些都是领导对他放的话。因为申请育儿假的男性非常罕见，他们一旦成为霸凌的目标，情况往往比对孕妇的侵扰更加严重。

拓也把这些事写到公司定期进行的"骚扰问卷调查"里，很快人事部就出动了。原来那位领导还有其他不当言行，最后被处以严重警告处分。

现在公司里也多了很多支持他的人。一位上了年纪的男性同事对他说："我有三个孩子，全都扔给老婆照顾，自己什么都没做。你现在做的是我们这些人从来没做过的事情。所以真的很厉害，加油啊！"拓也的存在，给一成不变的企业文化开了一道通风口。

他们夫妻俩都是大忙人，可为了接受这次采访还特意准备了详细的手记。下面是拓也的手记节选。

　　我以前的想法也非常保守。"我一定要出人头地！同批进公司的新人里我要第一个当上分店长！""年纪轻轻就结婚生子，妻子是全职主妇！我在职场上拼命工作养家！"我带着这些想法踏入了社会。可是工作第二年就遇到了职场霸凌，想法发生了很大变化。

现在的我，如果只从工作的角度来看可能评价是非常低的。但如果从整个人生来看，我自认为打个优良的分数还是没问题的。

我能这样想，还是多亏妻子的影响。不知道是因为她是"东大女子"，还是因为本来性格如此，总之她的想法、知识、见地都非常开阔，经常把"人生只有一次！"这句话挂在嘴边。我从她那得到很多启发。

另外，我们两人的想法非常接近，都是理性主义者，所以可以配合得很好。

自己这么说可能有些厚脸皮，但我的头衔"明治大学毕业，在业界大公司工作的金融师"说出去也不难听。但我妻子是"东大毕业，在日本屈指可数的建筑事务所工作的一级建筑师"，而且比我年长，工作资历也不一样。这样的两个人走到一起，应该由谁以家庭为重，理性思考一下答案是很清楚的。

而且我们两个人都非常为对方着想，这也是幸福生活的秘诀之一。

现在，我是短时间地工作，妻子也是18点就下班回家。想想刚结婚的时候她每天都是工作到第二天凌晨，现在这样真的很不容易。跟我的短时工作相比，她缩减的加班时间要多得多。偶尔忙到凌晨4点才回家，或是去海外出差，就彼此体谅一下。我休息的时候也会为了自己的兴趣爱好出个门之类的。

拥有不同人生经历的两个人要走到一起，肯定会发生摩擦。我希望接下来准备结婚的年轻人，在发生摩擦的时候能静下心来理解彼此的处境，然后一起思考最合理的解决办法。

还有最重要的是要一直保持相互尊重的态度。不论学历如何，夫妻之间都应该是平等的。

然后是英子的手记。

亲戚们都说："遇到对的人真是太好了。换其他人肯定就结不了婚了。"实际上我自己也是这么想的。朋友们也会问我："你是怎么调教你老公的？""果然还是找个比自己小的会比较听话吗？"

但我没有教育过他，也没有把我想做的事情强加给他，只不过彼此想做的事情刚好契合了而已。

公司的人都很羡慕我。我们负责设计的部门有六名女性生了孩子，全力工作的包括我只有两人。另外那个人，听说丈夫是自由职业者，工作比较灵活。其他的女同事，以前都是跟我一个节奏工作，结婚后因为承担的家庭压力比较大，就无法保持以前的工作节奏了。

虽然不是东大的，我还有一对京都大学的夫妻朋友，因为妻子调去了海外工作，丈夫也跟着她一起去了海外。后来生孩子的时候，又是妻子申请产假和育儿假，丈夫负责工作养家。可能是"物以类聚"吧，我身边的夫妻朋友，工作方式大都比较灵活。

不仅是"东大男子"，多数男性都会选择比自己学习能力和收入低的女性吧。一边是拥有学习能力和发展潜力的东大男生，一边是希望寻找机会接近他们的其他大学的女生，东大里有很多供他们相亲的社团。如果选择跟持有此种价值观的人结婚，女性这方要不是特别努力，情况想必是不会发生改变的。

如果希望继续追求自己的事业，决定结婚的时候就需要跟另一半商量好未来的人生规划，达成一致。如果结婚的时候没商量好，生孩子的时候也一定要商量。如果生孩子的时候也没商量好，哪怕从现在开始，也要跟另一半好好聊聊这个问题。

如果丈夫不能马上转变工作方式，那可以商量几年后，比如孩子上小学的六年里，丈夫优先照顾孩子，妻子优先自己的工作，等等。如果不相互妥协达成一致的话，那对两个人都是不公平的。

偶尔会有一种人，一边抱怨丈夫不配合带孩子，一边说"如果不是我哄，孩子就不肯睡……"丈夫肯定有他的问题，但我认为把丈夫从育儿中排挤出去的妻子也有责任。丈夫的积极性会越来越低，孩子也不愿意跟丈夫亲近，最终自己也永远离不开孩子。这是一个恶性循环。

育儿期间，夫妻两人同时发展自己的事业是非常困难的。所以跟另一半一起商量想办法，根据不同时期调整各自承担工作和育儿的比重是很有必要的。

我们家，现在是丈夫放慢自己的事业，优先配合我的工作。但我们也会时不时地讨论今后的打算。

虽然跟行业也有关系，但我觉得要想成功平衡事业和育儿，很重要的一点是公司到家的距离。公司离家近的话，就不需要花时间在路上，回家安顿好孩子吃饭睡觉后还能在家工作。

我能把工作坚持下来，还有一点也很重要，那就是我可以把工作带回家去做。但丈夫的公司是绝对禁止员工把工作带回家的。像他这种固定时间和地点的工作，就很难平衡工作和家庭。

在校期间，大家都很难想象实际工作后会怎样，组成家庭后又会怎样。但还是可以积极行动起来，比如在一些毕业生聚会上听听前辈们的经验，查一查自己希望就职的公司管理层里有没有女性的身影，再确认一下将来有可能结婚的交往对象是不是一个灵活贴心的人，等等。

哪怕工作以后，如果发现跟自己的生活方式有冲突，那我建议不要一味忍耐，最好尽快调整职业方向。年轻时候可能会害怕浪费几个月或是一年的时间，但等事后再回过头来看，那点时间简直是九牛一毛。

日本的企业总是倾向于培养通才，希望员工不论被分配到哪个部门都能够无缝对接。但从员工的角度来说，他们很难拥有一技之长。结果导致，如果不在同一家公司工作就无法累积经验，一旦工作经历被打断，就很难再就业。

对那些因为分娩育儿而不得不中断自己事业的人来说，这种社会构造是非常不友好的。作为对策，我们可以有意识地培养自己的专业性，通过考取资格证等方式，让自己即使事业发展被中断，也依然能以同等的条件重回职场。

一直以来，这个社会都是依靠女性牺牲自己的事业来维持运转的。可是从今往后，男性也应该承担起这部分责任。只有这样，女性的发展才可能实现，同时男性的生活方式也可以更加多样化。

不过日本的男女薪酬存在很大差距。男性选择进入家庭是很不容易的。这种情况下，我希望有能力获取充分经济收入的"东大女子"能率先构筑起新型的夫妻关系。为此，成为她们另一半的男性也需要有一颗坚强的内心来面对世人的冷眼和嘲讽。我想，只有拥有这种真正强大的内心的人，才能守护家人进而改变社会。

第4章　"东大的女生比例"：比"男性育儿休假率"更重要的社会指标

世界各地的精英女性也同样面对的高墙

同一时期，高学历女性所面临的艰难困境在美国也引起了关注，涌现出了一批从各种不同角度进行分析的报道和书籍。

Facebook首席运营官雪莉·桑德伯格，从哈佛大学毕业后，在哈佛商学院获得MBA学位，曾经担任Google副总裁、美国财政部幕僚长，还有在麦肯锡担任顾问和在世界银行担任调查助理的经验，同时兼任多家全球企业的董事。这是一位真正站在世界顶端的职业女性。

她在2013年的著书《向前一步》（*Lean In*）中提到，即使是像她这样的女超人也依然会感觉到"玻璃天花板"的存在。为了实现改变和突破，她呼吁女性从世人的眼光和对自己的束缚中解脱出来，勇敢地向前一步。

普林斯顿大学的教授安妮-玛丽·斯劳特，曾跟随希拉里·克林顿国务卿担任政策规划司司长。她为了优先照顾家庭，主动放弃了自己的职业发展道路。在2012年刊登的杂志报道《为什么女性无法拥有一切》中，她结合自身经历讲述了女性兼顾工作和育儿的困难，在全美引起了热议。

2015年，她将自身经历集结成《未完的志业》(*Unfinished Business*)一书。以下是部分节选。

> 作出跟我同样选择的众多女性和男性，得不到世人认可，绝对是不合理的。不是只有事业上的成功才可以证明一个人的幸福或是衡量一个人的人生成就。

她还引《向前一步》为例说道：

> 雪莉认为："倘若女性晋升到领导的职位，就可以打破（阻碍女性前进的）社会壁垒。我们可以昂首阔步地走进领导办公室，理直气壮地提出自己的诉求。当我们成为领导，可以帮助所有女性确保她们的需要。"（中略）《向前一步》教我们如何在既有的男性社会中生存并笑到最后，也教导你位居要职之后如何尽你所能改变现状。这是非常重要的，但我们还需要更广阔范围内的社会、政治、文化变革。

2013年，哈佛大学毕业的记者艾米丽·马查写了一本书叫做《回归家庭》(*Homeward Bound*)。这本书主要描述了一个现象，现在有越来越多的年轻人从哈佛、耶鲁等一流大学毕业后，放弃投资银行、广告公司、政府部门等工作职位成为家庭主妇，追求与世无争的慢生活。书里面的高学历女性，选择拒绝过度迎合男性孜孜不倦构筑起来的经济至上的竞争社会。

以下是日文版解说的节选。

　　可见不论是对雪莉派还是对斯劳特派而言，职场女性所遭遇的冷酷社会现实并没有发生改变。不过有部分职业女性反其道而行之，也就是采取跟《向前一步》相反的策略，选择以全职主妇的身份开展新的活动。
　　这本书的独特性和价值就在于生动鲜活地描写了这些女性闪闪发光、大放异彩的样子，提供了一条新路径。

　　三者的观点并非互相矛盾。雪莉·桑德伯格并不是说"努力就能解决一切"，艾米丽·马查也有提到高学历女性的"贵族义务"。

　　本人既有时间也有知识，什么都能做，所以一切都不是问题这种想法是错误的。为了那些经济上有困难、自己却无法解决的人，我们还是需要改变社会。

作为"课题先驱者"的"东大女子"

　　《向前一步》和《回归家庭》可以说展示了两种截然不同的女性人生，而《未完的志业》正好介于两者之间。
　　这三本书同时传递了这样的信息："人生中有比工作更重要的事。""现今的社会结构中，不论是女性或是男性都无法同时在职场与家庭得到满足。"
　　在这三本书出版的约二十五年前，日本有一本书描述了同样的问题。这本书就是1989年出版的《东大毕业的女性》(皋月会编，三省堂)。"皋月会"是由东大女性毕业生组成的同学会。1989年正值泡沫经济的全盛时期，《男女雇佣机会均等法》施行了还不过三年。当时东大的女生比例大约是10%。

她们用幽默风趣的文笔，同时以真挚的态度进行了自我分析。

首先围绕"东大"这个概念，书中一针见血地指出：

> 随着升学率的提高，"以东大为顶点的金字塔型升学竞争"这一社会图景正在逐渐变得明朗。
> "'东大毕业'的学历变成是一种身份的象征……如果因此获得高于自身实力的地位，那对你们来说是一种不幸。"(1966年毕业典礼上大河内一男校长的致辞)

1979年，日本的国、公立大学导入了"统一初试"制度。以此为契机，人们开始按照"偏差值"来选择目标学校，入学东大的女生也增加了。

> 究其原因，可能是之前从来没有考虑过东大的一批人，查分后发现自己的名次比预想的要高，想着既然身处竞争圈内，不如孤注一掷试试看……于是加入了竞争的队伍。

后面的章节分别是围绕"工作与婚姻""工作的持续和中断""家庭生活""社会活动和休闲""女性视角下的东大"来展开。处于人生各个阶段的"东大女子"在其中所讲述的心路历程,跟我这次时隔三十年为了写这本书采访到的内容如出一辙。

她们以问卷调查和毕业生采访作为一手资料,同时穿插了不少对同侪的劝诫。所表达的内核思想跟雪莉和斯劳特们是相同的。

很多毕业生都有着共通的想法,希望坚持做自己喜欢的工作,不以金钱、地位、名声为目的,只做自己认为有意义的事情。追求工作的意义和价值是理所当然的,也可以催人奋进。但是我们也必须承认,社会上有很多不容易产生成就感但又不得不做的工作。在默默承担这部分工作的人看来,她们对工作意义的强烈追求可能是一种非常以自我为中心的执念。

东大出身的女性,可以说通过自身努力获得了最大程度上自主选择人生的资本。但这并不是说自己过得好就万事大吉了。实际上,即使幸运地通过了第一道人生关卡,也并不意味着今后的人生就有了保障,东大毕业的女性也绝无可能脱离女性整体所面临的歧视待遇。

一直以来,"东大女子"追求的男女平等更偏向于女性向男性靠近的路径。(中略)

但是,20世纪70年代以后的女性主义,开始质疑过去由男性建构起来的社会结构本身。(中略)人们认为应该由男性向女性靠近,这样男女才能一起享受真正丰富多彩的生活。

正因如此,像东大这样典型的男性主导社会,也应该欢迎更多女性的加入来实现新的变革。

当然，如果女性增加了，但她们还是试图"跟男性一样力争上游"的话，东大今后也不会发生改变。不过我看到，已经有不少"东大女子"在平衡工作、家庭、休闲三者的过程中，开始追求一种不同于男性但更加人性化的生活方式。

这正是我所乐见的。"东大女子"之中同时包含了"女性视角"和"男性视角"。从"东大女子"的角度来观察社会，可以发现当下存在的社会矛盾和未来的理想蓝图。"东大女子"的贵族义务也要求她们将这一视角分享出来。这也正是我写此书的问题意识所在。

改善女性的工作环境，不仅仅是让女性成功兼顾家庭和工作，男性也应该从只有工作的生活中解脱出来，哪怕不是做家务，发展兴趣爱好也可以，让自己的生活更加丰富起来。

总之保障男女同工同酬的均等法已经出台，今后的课题是制定合理的劳动时长，改善男女共通的劳动条件。

像我都在跟领导说，这个世道加班实在太多了，二十年后我要创造一个能按时下班的世界（笑）。

2018年社会上的观点，其实在1989年的时候就已经被讨论得差不多了。《男女雇佣机会均等法》施行数年后，"东大女子"除了性别歧视以外还发现了男性社会本身的不合理。"东大女子"不愧是"课题发达国家"中的"课题先驱者"。

"后记"以此结尾。

女人们已然改变。打破历史为女性套上的枷锁，究竟是好事还是坏事？读完本书，相信大家心里已经有了明确的答案。现在轮到男人们出场了。

我拜访了现任皐月会干事大里真理子。她说过"二十年后要创造一个能按时下班的世界"。

"我想对以前的自己说'原来你只有嘴皮子功夫，真遗憾'（笑）。只能亡羊补牢吧。"

但在当时，能提出那样的目标是很有远见的。

"20世纪60年代以前的'东大女子'是极富开拓精神的，希望靠自己的双手来改变社会。而现在，我感觉有很多年轻人都有一种危机感，就是日本不能长此以往继续维持原状。所以我期待在未来的'东大女子'身上能看到以往那种开拓精神的复活。哪怕只有一成的'东大女子'这么想，一个年级就有六十人。比以前'东大女子'的总人数还多。"

然而实际采访中，大多数"东大女子"开口的第一句话便是"可我并没有因为'东大女子'的身份而感到有什么困难和挣扎……"

这部分"东大女子"应该是在某个时期以个人的方式把问题解决掉了，可能是在入学东大以前，也可能是在学期间，也可能是毕业很久以后。不论如何，那都是个人层面的解决，而不是社会结构层面的解决。

斯劳特说："如果一个人深信人生取决于自己，那他就不会关注社会结构方面的因素，也无法思考现在所需的结构变革。"

这对"东大女子"来说可能是一个盲点。因为她们在学生时代靠着自身努力克服了几乎所有困难，拥有强烈的成功体验。

虽然"'东大女子'也能结婚"是真的……

当今社会上存在的性别与职业相关的结构性问题过于复杂，我们没有办法从中截取一部分单独解决。因此，本书尝试通过"课题先驱者"的"东大女子"的视角来对这一问题进行剖析。

接下来让我们一边回忆前几章出现的各种证言，一边根据皋月会2006年面向会员做的问卷调查，对典型的"东大女子"的人生历程进行一次模拟。

*

她决心报考东大。虽然身边很多人跟她说"女孩子嘛，念个普通大学就够了""小心东大毕业之后嫁不出去哦"，但她并没有放在心上，踏踏实实努力备考。最终如愿以偿。

在东大，她属于只占二成的少数群体。在学校里还算受欢迎，但无法参加校际社团。面对竞争意识和自尊心都特别强的男生，她为了避免不必要的摩擦有时也会故意懂装不懂。

找工作的时候，她可以跟普通的名校男生公平竞争。不过她不会选择普通的事务岗位工作。这点跟同样高学历的早大女子和庆应女子略有不同。

部分行业，比如医生、律师等专业领域和出版业，现在已经很少出现性别歧视的现象了。但在大型商社、金融、制造业等传统行业，男性社会的文化氛围依然根深蒂固。以男性为标准的环境，对女性的成长和发展是不利的。结果而言，女性只能步男性后尘。

为了避免这种情况,只能积极乐观地面对自己的女性身份,并充分发挥女性的特质。其实她以前从未在意过"女性"这层身份,但在一个男性主导的社会里,她不得不开始面对这一问题。

至于结婚,"东大女子"的上升婚意愿也很强烈,希望找一个比自己更加优秀的结婚对象。但在日本国内没有比东大更高的学历,因此"东大女子"的学历上升婚并不现实,最多是学历同等婚,也就是东大婚。按照皋月会的统计数据,跟东大以外男性结婚的会员比例是30.1%。近七成会员都是跟"东大男子"结婚。

顺便一提,会员整体的未婚率是19.8%。2005年度全国人口调查数据显示,女性的终身未婚率为7.3%,男性为16.0%。虽说"'东大女子'也能结婚"是真的,但从比例上看,"东大女子"的未婚率明显高于普通女性,将近是她们的3倍。不需要依靠伴侣的经济能力也能独立生活,也许也是其原因之一。

东大婚的情况下,夫妻双方都有着高收入,工作的价值感很强,责任也很重大。东大生普遍有强烈的好胜心,所以在公司内部的升职竞争中也决不妥协。拥有"东大男子"身份的丈夫自不必说,作为"东大女子"的妻子也是"跟男人一样"拼命工作。

这种情况,在丁克状态下是没有问题的。夫妻双方在家的时间都不长,家务可以控制在最少范围内。可一旦有了孩子,夫妻间就会出现强烈冲突。如果夫妻双方都还是"跟男性一样"工作的话,不论怎么协调,带孩子的人手都是不够的。

经济高速发展期以及之后的泡沫经济时期,日本的企业战士之所以在深夜加班、周末出勤，全身心投入工作的情况下却依然能保持健康、生养孩子，正是因为家里有包办一切的全职主妇。

如果是一对东大婚夫妻，夫妻双方很可能都肩负重任，谁都不想放弃职业上的发展。

以怀孕、分娩、育儿为节点，她面前会出现三个选项。(1)让丈夫成为全职主夫，(2)自己成为全职主妇，(3)夫妻双方一起取得工作上的平衡，共同承担育儿的责任。

如果夫妻二人能够心甘情愿地选择(1)或者(2)，就可以避免大的家庭冲突。因为不论如何，家庭内部的角色分工是明确的。

选择(3)的话，夫妻间如何保持平衡，将会成为贯穿今后十几年育儿生活的重要课题。而实际上育儿的负担，绝大多数情况下最后还是会落在女性身上。因为"育儿是女性的事情"这一思维定式，不论是在社会，还是在丈夫身上，抑或是妻子自己身上都根深蒂固。

再加上，如果男性因为育儿影响到工作上的表现，需要承受比女性更多的非议。这也是一个因素。或许可以说，这才是决定性的因素。

斯劳特也指出了这一点。

有研究表明，如果男性为了育儿或照顾老人申请三个月的休假，很有可能被降职或是被解雇。(中略)积极参与育儿的男性，在职场上遭遇不公平对待的概率非常高。

男性也并不是拥有一切。男性如果做出跟女性一样的选择,需要面对比女性更严厉的惩罚,这绝不是危言耸听。至少在西欧,女性暂时搁置事业追求,可能会遭遇社会身份认同的危机,但不会招致人们对其女性特质的怀疑。

这也造成了一种不公平的局面,即便同样身为东大生,"东大女子"拥有成为全职主妇的选项,而"东大男子"成为全职主夫的选项在现实中是几乎不成立的。因此前述的(1)是极为罕见的个例。

回过头来看整个社会,即便是女性有条件成为全职主妇的也是一小部分。只靠一个人的收入养家并非易事,大部分家庭迫于经济压力,夫妻双方都要在外工作。从这个角度来说,"东大男子"是少数有潜力获取丰厚的经济回报、靠自己一个人的收入就能养活全家的群体。

总之,"东大女子"既可以选择成为医生、律师、官员、一流企业的员工,全力发展自己的事业,也可以选择跟身边的"东大男子"结婚,成为一名全职主妇。可以说她们是日本社会中拥有最多人生选项的一群人。

"东大女子"的工作意愿非常强烈

皋月会2006年的调查数据显示,全年龄段的东大女性毕业生中有79.1%的人都处于工作状态,"从来没有工作过"的人仅占2.2%。20 ~ 50岁年龄层中,4.5%的人"今后没有工作的打算",其余的人要么在工作状态,要么暂时离职但有回归职场的计划。"东大女子"的工作意愿果然非常强烈。

因此之前列举的三个选项里，现实中的东大婚夫妻绝大多数还是会选择(3)。

所幸2000年以来，类似育儿假制度的支援制度正在增加。但利用这些制度、将大量时间投入育儿工作的责任如果都落在女性身上，那企业在雇佣女性的时候就会考虑更多这部分的风险。结果出现了一个极具讽刺意味的局面，这些制度的设立反而助长了社会上性别歧视的风气。

尽快复职后申请缩短工作时间，就无法完成生育前的工作量，要应对紧急情况也有困难。不能跟以往那样"像男性一样"工作，只能默默忍受"妈咪路径"（Mommy Track）。

即便如此，兼顾工作和家庭还是令人焦头烂额。因为现代女性不仅要完成昭和时代全职主妇做的事情，而且哪怕缩短时间也还是要像正式员工一样工作。

不论丈夫有多配合，身在竞争激烈的日本大企业，男性中心文化根深蒂固，能做的事情非常有限。就像企业战士这个称谓一样，他们每天都处在堪比战场的高度紧张和高压状态下。"东大男子"在这类环境中工作的概率非常高，加上不服输的性格，他们极有可能成为职场竞争的赢家，因此没有多余的精力照顾家庭。

而妻子无法从"妈咪路径"中获得价值感，又不满公司对她的评价，最终在平衡工作和家庭的过程中筋疲力尽。好不容易从东大毕业进入一流公司工作，最后却选择辞职，这样的案例并不罕见。

同是东大毕业，丈夫能在职场上继续实现自我价值，而自己却只能半途而废。不难想象，这时候妻子心里会感受到强烈的不平衡。《"育儿假世代"的困境》描述的正是这一现象。

更有甚者，妻子还要忍受公公婆婆的责备。他们含辛茹苦把自己的孩子培养成才，希望儿媳是一位传统意义上的贤妻良母。"你要是少花点心思在工作上，我们家的孩子肯定会更成功。""你都做妈妈了，是不是应该减少一点工作量，把更多时间放在孩子的教育上呢？"

在这一点上，其他大学毕业的女性更容易妥协，比如那些来参加校际社团的女子大学女生。她们不仅仅在数量上填补了东大男女比例的不平衡，而且能起到支持"东大男子"取得事业成功的作用。因为夫妻二人的收入差距明显，育儿期间应该由哪一方减少工作的答案是显而易见的，所以不容易发生冲突。

"东大男子"和女子大学女生结婚，可以把家事全部交给妻子，自己专心工作。而娶一个希望实现自我价值的"东大女子"，"东大男子"就不得不一起承担家务。虽说这样也可能实现良性循环，给工作带来好的影响，但短期来看是不利于职场竞争的。

家庭收入方面，双方都工作的东大婚夫妻收入一定会更高。但如果"东大男子"希望优先满足自我实现的需要，那么娶女子大学女生会是更加合理的选择。

这是一个考验"东大男子"人生观的重要关口。

反过来说，至今依然有如此多男性不惜牺牲妻子的事业也要证明自己作为男性的价值，跟强大的社会压力不无关系。"靠一己之力养活全家"是社会对男性的期待。

所以部分"东大男子"根本就不会把"东大女子"看作是结婚对象。当然"东大女子"对他们也是避之不及。校际社团是一块很好的试金石。

为谨慎起见，我最后再补充一句，不是说所有参加校际社团的"东大男子"都持有这种价值观，也并不是说女子大学女生就没有自我实现的志向。以上不过是站在"东大女子"的视角，对刻板印象的一种情景模拟。

问题的本质：不是"男VS女"而是"竞争VS照料"

"东大女子"要是希望不打折扣地实现自我价值，也可以采取跟"东大男子"相同的战略，即下降婚，选择与出身校比自己差或是收入比自己低的男性结婚。

只要对方男性愿意请育儿假，缩短工作时间，成为全职主夫的话，理论上"东大女子"完全可以跟"东大男子"一样实现自我价值，成为职场竞争中的赢家，至少比嫁给一个"东大男子"的可能性要人。

一边是不擅长学习没能进大公司，但特别顾家的男性，一边是在医院或律所、政府机关、一流企业工作的"东大女子"。两人结婚正好各取所需。

以高学历为武器获得高收入的女性，和普通男性互补结婚的案例如果增加，低收入男性的未婚率高的问题将得到改善，低收入男女结婚导致贫困代代相传的倾向也会减缓。而且"东大女子"的未婚率也会下降。

另一方面，和追求自我实现的"东大女子"结婚，男方将不得不牺牲自己的事业，这样的案例如果受到世人的关注，很容易形成"不要跟'东大女子'结婚"的舆论风向。这样一来，就坐实了"女孩子最好不要上东大"的说法。

可以说进退维谷。

打开这一困境的钥匙其实不在"东大女子"自己身上，而在于男性。

比起妻子的自我实现和家庭的整体收入，男性习惯于优先满足自己的自我实现和成功欲。不打破这一思维定式，困境就会一直存在。当然"东大女子"也不能因为出身校和收入等因素而看不起男性。

这样一来，男性也可以从以往的生活方式中解脱出来。不然他们自大学毕业到退休的大约四十年中，都要为了家人，在公司里克己奉公，忍受各种烦心事。大正大学的田中俊之副教授在《男人不工作又如何》（讲谈社，2016年）一书中曾就这一点做过详细分析。

男性"放下"一直以来所肩负的重担，其实对男女双方来说，都可以拥有更多人生选项。换言之，比起让女性"像男性一样"工作，不如让男性"像女性一样"工作来得更加合理快捷。男性向女性靠拢了，女性向男性靠拢的空间自然也会越来越大。

这其实是《向前一步》《未完的志业》《回归家庭》和《东大毕业的女性》四本书共通的主张。针对这个尽是两难的局面，斯劳特还提供了一个巧妙的切入点。

简而言之，不论女性还是男性，需要承担工作和家庭双重责任的人都不得不牺牲事业上的发展作为代价。长期以来，这个问题都被看作是一个"女性问题"。但如果我们把这个问题重新定义为"育儿问题"，视野就会更加开阔，也能把焦点放在真正需要解决的地方。真正需要解决的是，"育儿和照料的价值被低估"的问题，而不是"由谁来做"的问题。

我们的社会认为，不论性别，专注自身事业发展的人比照料他人的人更有价值。

贬低育儿和照料的价值，才是问题的根源。它在社会的各个层面上都衍生出了扭曲和歧视问题。我们需要敞开内心改变看待事物的方式，把问题的焦点放在"竞争和对家人的照料"上，而不是"女性和工作"上。

家务劳动的价值被低估的问题，在日本也有和光大学的竹信三惠子教授在《家务劳动暴力——生活艰难的根源》(岩波书店，2013年)一书中做了透彻的分析。

在拙著《父亲们的挣扎》中，我这样写道。

不论男女，如今很多劳动者都感觉"自己在工作和家庭的夹缝中左右为难"。其实也可以说是在"21世纪的以家庭为中心的生活方式"和"上世纪80年代的以公司为中心的生活方式"的夹缝中左右为难。

总之问题的本质不是"男VS女"。不论男女，承担家务和育儿的人的价值被低估才是问题。借用斯劳特的说法，就是"竞争VS照料"的问题。

"竞争"是指在资本主义社会中赚钱能力的竞争，也可以说是为了赚取世人眼球的竞争。"照料"则包括了所有家务和育儿、看护等作为生物的一般行为。通常这类行为很难获得关注。

无论是动物还是植物，它们穷尽一生都是为了繁衍存续，也就是说繁育后代是生物的首要任务。然而如今的社会，"竞争"优先于"照料"。人们仿佛产生了一种错觉，以为"照料"应该是在"竞争"的间隙抽空去做的事情。这完全是本末倒置。我们社会所面临的各种矛盾皆根源于此。

随着我们的社会越来越像是一场零和博弈，资本主义社会的发展前景开始出现阴影，人们担心因为全球化或是人工智能而失业，围绕赚钱能力的竞争压力越来越大，最终陷入恶性循环。

"东大女子"这四字短语所发出的不和谐音

大学名字和性别联系在一起的短语，我们耳熟能详的还有"庆应男孩""早稻女"。但"东大女子"四个字之所以显得更加意味深长，是因为这个四字短语同时包含了当代社会时常起冲突的"竞争和照料"这双层含义。

"东大"这个词，并不仅仅指代"东京大学"这所学校。

明治维新后的日本在发展过程中，长期以来唯有"帝国大学（东京大学的前身）"一所大学。全国各个地方的优秀学生都通过升学考试聚集到这里，这里的学子继而进入国家中枢，成为变革社会的国家精英。这样一套制度逐渐成形。

一上小学，所有国民都会自动进入到以帝国大学为顶点的升学金字塔底端。经过激烈的学力竞争，最后的赢家才能抵达帝国大学，成为社会精英。

"东大"在日本人的文化辞典中，是一个象征"竞争教育体制"或是"精英选拔培养体制"的词汇。简而言之，就是"竞争"的象征。

另一方面，在漫长的历史中，能影响国家决策的精英"女子"在世界范围内也属于绝对的少数派，通过性别差距指数可以明显看出性别歧视存在于社会结构中。日本的排名尤其靠后。上一章介绍了Facebook开展的员工培训，众多数据显示，竞争社会中不利女性发展的要素远比我们想象的多。

有关无意识的性别歧视，我再引用几段《向前一步》的内容。

首先是哥伦比亚大学商学院的弗兰克·富林教授和纽约大学的卡梅伦·安德森教授于2003年进行的实验结果。

他们把学生分成两组，让他们分别阅读一位真实人物的故事。这位人物就是女性风险投资家海蒂·罗森，她"凭借强烈的个人风格，在高科技领域的知名企业家之间颇具人气，利用广泛的人脉资源获得了成功"。只不过他们把其中一个小组中的人物名改成了男性名字"霍华德"。

> 然而，尽管学生们对海蒂和霍华德的能力表示了同样的敬意，但更喜欢跟霍华德一起工作。他们认为海蒂过于强势和以自我为中心，纷纷表示"不愿意跟她一起工作"或者"如果自己是经营者的话不会聘用她"。
>
> （中略）
>
> 总之，成功与好感度在男性身上是成正比的，在女性身上却成反比。成功男性可以获得男性和女性的好感，而成

功女性则不然。

下一页中写着，"何苦那么拼命成为海蒂，都交给霍华德不就行了吗"。这句话的逻辑结构跟"女孩子嘛，有必要上东大吗"是一样的。

雪莉如是描述自己在哈佛大学商学院就读的时期，"我的第六感告诉我，让大家知道自己成绩优异并不是一件好事"。这跟在校东大女生说自己"会故意懂装不懂，会装不会"是一样的。

这就是第3章里说的"能力–好感权衡偏见"的效力。

雪莉还介绍了斯坦福大学教授黛博拉·格伦菲尔德的发言。

> 在我们既有的认知里，男性和领袖特质，女性和母亲特质紧密地联系在一起。这是对女性的捆绑和束缚。我们不仅认为育儿是女性的事情，而且认为女性应该把育儿放在首位。一旦女性身上出现不符合好妈妈形象的预兆，就会给人留下不好的印象，令人感到不快。

这是"能力–好感权衡偏见"和"母性偏见"的组合拳。如果有人给"东大女子"贴上"不可爱""土里土气"的标签，可能就是受了这些偏见的影响。

> 再加上"献身精神"的刻板印象，女性往往牺牲更多却得不到回报。男性如果帮了同事一个忙，对方会感恩戴德，并用其他方式来报答。但如果是女性帮忙，对方并不会特

别感激，因为觉得她本来就喜欢帮助别人。富林教授把这一现象称作"性别折扣"。

同理，男性育儿或是做家务稍作努力就会得到称赞，而女性的付出则会被当作是理所当然。

在美国，"女性"一词隐含了"照顾他人的人"这层意思。日本的"女子"跟美国相比，只会有过之而无不及。

可见，"东大"一词所内含的"竞争"元素和"女子"一词所内含的"照料"元素，在当前的社会语境中存在强烈的冲突。所以我们在看到或听到"东大女子"这四个字时，会下意识地产生一种不和谐的感觉。

给坚持做平凡事的不平凡报以掌声

放大这个不和谐音的，毫无疑问是我们心中无意识的偏见。在这种偏见的影响下，我们把"竞争"和"照料"势同水火般对立起来，而且把"照料"的价值置于"竞争"之下。

要想消除这个不和谐音，首先要打破将育儿和家务的价值置于公司工作之下的构造。照料劳动是一个聚光灯照不到的领域，那些在幕后脚踏实地坚持做平凡事的人们实为不平凡，应该向他们表示敬意。作为这个群体象征性的代表，全职主妇（主夫）应该受到社会更多的尊重。

如此，那些心里只有公司工作的人才会萌生出"自己也要向他们学习"的想法。大家共同分担照料劳动的社会风气也会逐渐形成，而不是当作麻烦事相互推诿。男性无法从竞争社会中抽身，女性无法从照料劳动中解脱的现状就能够得到改善。不论男女，都可以完全自由地选择工作方式和生活方式，或选择成为全职主妇（主夫），或选择在强手如林的竞争社会中奋斗拼搏。

前面说过，"东大女子"拥有最宽泛的选择范围。"那么费劲上了东大最后却成为全职主妇？"这类闲话根本无需在意。"既然是为了拓宽人生选项才选择东大，如果不从因为考上东大而增加的选项中去选择，那之前的努力都白费了。"这种想法本身才真正束缚了东大生的选择。

反过来如果选择在竞争社会中拼搏，我希望她们可以时而把"东大毕业生"作为武器，时而把"女性"的身份作为武器，坚定勇敢地"向前一步"。

不过，充满竞争的人生会令人感到疲倦。我们的社会应该允许那些在竞争中感到疲惫的人主动选择暂时休息。为此，回归职场也应该变得更加容易。暂时退出跑道的人，只要愿意，就可以重新回到跑道上来。

用专业术语来说就是"雇佣流动性"，但这里提倡的雇佣流动性不是说，可以随便解雇员工，或是用低廉的价格购买非正式员工的劳动力等。

简而言之，我认为雇佣方对提高劳动者的专业能力也负有责任。日本企业倾向于培养通才，这样方便自由地调配人员。所以比起培养每个员工的专业能力，会更加重视员工对企业文化的接受和顺应。这就是最大的瓶颈。不论一个人在该企业文化中多么如鱼得水，没有专业能力的话出了这家公司就无用武之地了。

大学毕业进入一家公司，与其快速融入公司文化，在狭小的社会中学习公司内部政治，不如好好培养自己的专业能力，这样无论去到哪家公司都能畅行无阻。为了实现不依附于组织的人生，今后的劳动者都需要注意这一点。

雇主们也应该对此提供帮助。不要担心高度专业化的员工被其他公司挖墙脚，而是应该相信会有更多追求高度专业性充满干劲的年轻人慕名而来。这样人才的新陈代谢会更有活力，不仅能平稳地实现组织变革的与时俱进，也能更好地进行创新。

此外，不论如何努力拼搏，谁都会有在人生的某个阶段不得不退出竞争的时候。那个契机可能是怀孕分娩育儿，可能是疾病，可能是对父母的照料，可能是公司的不景气。这正是给自己充电，进行深刻内省的最好机会。不妨当作是人生的悠长假期。

一个人能在竞争社会的金字塔尖屹立多久，最终不过取决于他的人生假期什么时候到来，是早还是晚。

在某个阶段成为全职主妇（主夫），在另一个阶段投身于竞争社会。这样的人生也不错。

从《向前一步》到《回归家庭》，在工作方式和生活方式的渐变色调中，男女都可以根据当下的情况选取最适合的颜色，这是最为理想的。

若是有相互支持的伴侣，实现理想的可能性就会更高。

有一种病叫作不是东大同学就聊不到一起

过度的竞争压力减轻之后，"东大"一词被赋予的过多含义自然也会消解。

拿赛车来打比方，"东大"是开始进入"竞争社会"时的首发

"杆位"。为了获得"杆位",学校教育沦为"竞争社会"的"预选赛","学历社会""分数主义"甚嚣尘上。

但"竞争"弱化之后,对杆位的执念就不再必要了。

何况人生的赛道不是短时间内就能分出胜负的,而是一场持久战。耐力比瞬间爆发力更加重要。赛程拉得越长,中途就越需要进加油站,有时还会出现故障。杆位带来的优势只能持续到最初的几圈而已。所以没有必要在"预选赛"上就拼尽全力。拿不到杆位就灰心丧气,实属小题大做。

东大的确可以说是日本国内资金和人才最丰富的大学。为了得天独厚的学习环境,很多高中生选择东大为目标是可以理解的。但如果是因为偏差值最高,所以选择东大,那我建议再好好考虑一下。这种想法不过是"大家都说好,所以我也要"而已。长此以往,这辈子就会永远活在他人的眼光和评价里。

反过来说,"因为东大在国际大学排行榜上的排名下滑了,所以再考东大也没啥意义"这类批判也毫无意义。那些排行榜,评价的是作为组织机构的大学功能,而不是在那里学习的价值。就算在东大学习,也不可能吸收东大里的所有知识。其他大学也是一样。不论在哪所大学,只要用心学习,得到的收获不会相差太远。

"不是东大同学就聊不到一起"就更不用说,纯粹是幻想了。

专攻东大考试对策的某补习班相关人士表示,"有大量考生集中在东大的合格分数线上下。每年考上东大的人里,靠后一大批人其实就算名落孙山也是正常的"。也就是说,假如再考一次,合格榜单上的名字大约要换掉一半。

遗憾落榜的考生,如果在东京的话就会去早稻田和庆应这些学校。他们和东大生之间不会有明显的学力差距。更不用说高考考的学力只不过是综合智力和人格魅力的一小部分。用分数来衡量一个人的能力,就好像仅靠卧推值来判断运动员的实力一样,是不合理的。

如果分数差五分或者十分就聊不到一起,那问题不在于对方的分数,而是在自己的沟通能力上。实际上绝大部分情况,都不是聊不到一起,而是自以为聊不到一起。

然而这个社会就是有那么多的人对此深信不疑,赋予偏差值过多的含义。

如果这层笼罩在整个社会上方的偏差值过敏症能够消除,"东大女子"的结婚对象也会有更多可能性。可能性来自两个方面,一是"东大女子"自身不会抵触跟偏差值低于自己的男性结婚,二是男性也不会抵触跟偏差值高于自己的女性结婚。

同理,如果社会上整体淡化学历上升婚/下降婚这个概念,不仅男女的未婚率会下降,家庭收入差距会缩小,甚至少子化问题也能得到改善。

关于这一点,现在正在讨论的大学入学考试改革,本来的目的就是希望通过改革大学入学考试,把高中以下的教育从分数主义中解放出来。这也可能成为淡化学历上升婚/下降婚这一概念的契机。

"工作方式改革"和"大学入学考试改革"如车之两轮

在一个昭和式(高速经济成长期到泡沫经济时期)发展的社会中,要想从激烈的竞争中取胜,高偏差值和家庭主妇是不可或缺的。因此升学考试竞争愈演愈烈，而女性进入家庭也成为一种社会刚需。

但昭和式发展的社会已经终结，而且终结已久。现在有关"工作方式改革"和"大学入学考试改革"的讨论终于同时提上了日程，这绝非偶然。所谓"工作方式改革"，就是寻找一种不依赖家庭主妇的社会运转方式；所谓"大学入学考试改革"，就是对偏差值的差距反应过度的过敏症进行对因治疗。

如果把"社会结构改革"比作一辆巨大的马车，这两项改革其实就是车之两轮。没有"工作方式改革"的成功，就没有"大学入学考试改革"的成功；反之亦然。站在"东大女子"的视角上，可以观察到两者间的关联。

"东大女子"正是站在连接两个车轮的车轴正中间的群体。如果她们失去平衡摔落下来，那就是这辆马车的两个车轮没有笔直前行的最好证据。能力和选项兼备的"东大女子"，如果连她们都无法选择令自己满意的人生历程，那还有谁能实现自己的理想人生呢？这样的社会不可能出现多样化的工作方式和生活方式。

"东大女子"的人生，是揭示社会未来的蓝图。"东大女子"若能绽放光彩，那未来的社会也将是一片光明。

皋月会编著的《东大毕业的女性》中，记录了这样一则20世纪50年代的轶事。

那时候，每当我慷慨激昂地控诉男女不平等，老师（报社顾问中屋健一先生）就跟我说"你呀，东大的女生比例如果不到一半，日本是不会改变的。不过，那样的时代迟早会来的"。

这话真是独具慧眼。我们必将跨入这样的时代。

比起有很大操作空间的"男性育儿休假率",我认为把"东大的女生比例"作为社会结构变化的指标会更加合理。这句话有一半开玩笑的成分,但还有一半是认真的。

后　记

"到处都是男生,令人脊背发凉。"

这是老家在北陆地区的川上纯子(化名)入学后,第一次在东大上课的感受。如今,她反而会有这样的担忧。

"周围有很多男生会让人觉得'这人该不会只有我这一个女性朋友吧',他们这样没问题吗(笑)。"

她的装扮并不花哨,身材高挑,表情淡然。给人的感觉落落大方,成熟稳重,不像是一个刚二十岁出头的女生,是人们常说的那种冰雪美人。

作为"东大女子",有件事让她时常感到不满。每当遇到事情想找女生商量的时候,身边可供商量的人选实在有限。

她大概是从高二开始有了考东大的想法。父母不但没有反对,反而非常支持。妹妹虽然不在东大,但也在东京上学。

"在我们老家那一带,听说很少会有家庭把姐妹两个都送去东京发展。"

打听了一下,原来父亲是大学教授。

"我听在东大认识的女性朋友说,虽然她自己来了东大,但妹妹却被父母留在了老家。"

川上现在大三,在法学部学习。

"将来还是想工作。因为在法学部,所以应该会成为一名法律工作者。孩子的事,还没想好。也不是一定要。如果要孩子的话,不仅是育儿假的问题,还要从长远的角度兼顾跟工作的平衡,估计就没办法把工作放在第一位了。"

她早已着眼于自己的将来。但在谈论将来的话题时,能看出她脸上掠过一丝不安。

"如果有了孩子,我还是希望老公也能休育儿假。如果自己没做过,肯定不知道带孩子有多辛苦,这方面我还是希望公平一些。"

我感觉虽然她说"希望公平",但语气里还是默认由自己负责主要的育儿工作。于是我指出了这一点。

"啊!"

川上露出恍然大悟的表情。

"也就是说,我刚刚说话的前提是,工作对我来说不是第一位的,但对老公来说是第一位的。这个意思对吧?"

"如果希望更加公平一些,理论上讲,两个人可以从一开始就商量'我跟你,谁来负责带孩子?'"

"我没想过这个问题。"

"作为女性,潜意识里觉得应该由自己来带对吧?"

"确实……我就想着要怎么兼顾工作和孩子。"

"对吧。可能还有一个默认的前提,就是考虑如何兼顾也是自己的责任。"

"啊,我是这么想的(笑)。"

"要是按现在的状态结婚有了孩子,可能刚刚的讨论都不会发生,你自己就开始减少工作量,试图平衡工作和带孩子了。等有一天突然回过神来,开始想'老公也可以辞职啊?为什么是我?'你将来也可能年纪轻轻就成为大企业的顾问律师,拿比普通上班族更高的薪水。这样一来自然会觉得'我继续工作,在经济上不是更为合理吗?'"

川上睁圆了双眼,估摸是以前从来没有考虑过这些问题。我继续说了下去。

"但另一方面,如果社会上这样的案例增加,可以想见男性会产生更多顾虑,比如'和"东大女子"结婚,会威胁到自身的事业发展'。如此一来,把自己的事业发展放在第一位的男性就不会考虑跟'东大女子'结婚。相反,'希望被包养'的男性我相信也有很多,但'东大女子'愿不愿意跟这类男性结婚又是一个问号。"

川上用力点点头。

"东大女生聚会上,大家从大一开始就讨论结婚生育的问题。不过到最后都会得出一个结论,自己的结婚对象好像只有东大男生。"

这是什么逻辑呢?

"在入学的女生说明会上,有听说东大毕业的女性,配偶大多是'东大男子'。确实站在早稻田和庆应的男生角度来看,肯定会觉得东大女生很难驾驭。我跟朋友也经常会聊到这个话题。"

"男生会觉得学习成绩比自己好的女生很难驾驭,你们东大女生也会有这种想法,对吗?"

"对的。最后话题还是回到东大男生。他们同为东大生，应该更能理解我们。不过，东大男生也分人。很多人只知道埋头学习，没有社会常识。"

"比如？"

"东大的英语课上，大家一起看电视剧。有一个场景，公司董事是清一色的男性，我们开始讨论其中的原因。这时候有个从东京都内非常有名的男校毕业的学生放言说，'因为女人没能力呗'。真的是吓了一跳，未来的政府官僚该不会是这种人吧（笑）。"

"东大毕业的男性，通常都会有一条不错的职业路径。而且东大生共通的倾向是竞争意识特别强烈，所以不论是在企业还是在政府机关，都会被卷入激烈的职场竞争中。这时候跟他说'你也帮忙带带孩子'，他应该会感到非常为难。于是，夫妻两人就会陷入僵局。同为东大生，所以两个人可以相互理解。但正因为对方也是东大生，所以无法放弃职业发展。当然这并不是说，东大以外的男性就会更加愿意参与家务和育儿，完全没有这回事。"

"可是这样说起来，东大男生可以通过校际社团认识其他学校的女生，东大女生要怎样才能认识其他学校的男生呢？"

"是啊。假如有机会认识早稻田或是庆应的男生，川上你自己会考虑他们作为男朋友或是结婚对象吗？"

"高中同学里有人去了早稻田和庆应，我感觉他们的性格反而比东大生要好，所以完全没问题。"

"但实际上，女性有一种'学历上升婚'的倾向，希望结婚对象的出身校偏差值比自己高。只要存在这个倾向，'东大女子'

就只能跟'东大男子'结婚。该怎么办呢?"

"唔……"

"比如,不按偏差值对大学进行排序不就好了吗?"

"话是如此。"

"未来是国际化社会,在狭小的日本国内因为五分或十分的差距给学校排序,建造起看不见的高墙,实在没有意义。这种价值观如果能普及,学历上升婚的倾向肯定也会变弱。现在大家对出身校有些反应过度。"

"是。"

"结婚的时候不要拘泥于出身校,有了孩子之后夫妻二人一起商量如何平衡工作,做出合理的判断即可。假如其中一方的育儿压力实在太大,需要暂时离开职场,当育儿告一段落,社会依然会接纳他们重返职场就好了。"

"这样的话,东大女生是不是和年纪比自己小的GMARCH左右的大学男生配对会更好,有年龄差在,女方的收入更高,也不会有太大的心理负担。"

"可以啊。只不过现在这个世道,可能会被人说'高学历的女工作狂,迫于适婚年龄找了个年轻的小白脸'。男方也需要有强大的内心,不论世人如何指指点点,都不会因此妄自菲薄。"

"是啊……不过我觉得有了孩子之后,当全职主妇也挺好的。东大校园里经常有保育园的小朋友在玩耍。他们真的特别可爱。离开那么可爱的孩子去公司上班,我想心里肯定也不是滋味。"

"那肯定是的。不过好不容易上了东大,最后成为全职主妇,肯定也会有些不甘心吧。人们常说,努力上个好大学是为了增加自己的人生选项。可是当人生选项真的变多了，又会觉得如果不从增加的选项中去选择，好像之前的努力就都白费了。"

"是的！"

"这种想法其实局限了自己的选择范围。为什么会这样呢？因为我们倾向于认为从增加的选项中选择的人生更加高级。"

"好像是……"

"不拼命学习通过司法考试，就不能成为律师。而不上东大，确实也能成为全职主妇。但律师的人生和全职主妇的人生，哪个更加高级是没办法比较的。重要的是当事人自己的幸福感和成就感。"

"确实如此。"

"所以，要想真正扩大人生的选择范围，我们需要做的是，尊重世上每一个人的人生，发自内心地认为无论怎样都是独一无二的精彩人生。"

面对川上认真的表情，我忍不住一吐为快，到最后已经完全变成了"中年人的主张"。

*

在大型出版社工作的高桥百合子（化名），爽朗地笑着说："没事。'东大女子'也可以结婚的。像我都结两回了。"

初婚的对象是同龄的商社职员，东大毕业。

"结婚？想啊！两人一时兴起，就把婚结了。"

但婚后很快就出现矛盾，两人开始分居。结果四年就离了婚。对方是"东大男子"，跟离婚的原因并没有多大关系。

"恢复单身生活之后，每天都很开心，深刻认识到自己就是一个不适合结婚的人。"

她边做着自己喜欢的编辑工作，边过着自由自在的单身生活。转眼十年就过去了。

"跟一个工作上认识的男性，一不小心就住到了一起，一不小心就结婚了。明明对结婚都已经没有兴趣了(笑)。"

第二任丈夫，不是"东大男子"。高中毕业，而且比她小5岁。

"'东大生'和'女性'的双重身份，如果能根据不同场合自由切换，就会很轻松。因为都不过是自己的一部分罢了。结婚对象是'东大男子'还是高中毕业都不要紧。'东大女子'完全可以不去在乎对方的学历。但有一件事我还是做不到，就是去迎合他人的步调(笑)。"

*

最后我想说，这次遇见的每一位"东大女子"，作为个体都非常优秀，作为女性也都非常美丽。她们专注认真，尽管有时也会犯迷糊。我会一直支持她们。从她们身上，我也得到了很多力量和启发。我已然成为了"东大女子"的拥趸。

2018年3月　太田敏正

参考文献

『「育休世代」のジレンマ 女性活用はなぜ失敗するのか?』(中野円佳著、光文社刊、2014年)

『「専業主夫」になりたい男たち』(白河桃子著、ポプラ社刊、2016年)

『子育て主夫青春物語「東大卒」より家族が大事』(堀込泰三著、言視舎刊、2012年)

『いいエリート、わるいエリート』(山口真由著、新潮社刊、2015年)

『男が働かない、いいじゃないか!』(田中俊之著、講談社刊、2016年)

『お笑いジェンダー論』(瀬地山角著、勁草書房刊、2001年)

『家事労働ハラスメント 生きづらさの根にあるもの』(竹信三恵子著、岩波書店刊、2013年)

『結婚と家族のこれから 共働き社会の限界』(筒井淳也著、光文社刊、2016年)

『仕事と家庭は両立できない?「女性が輝く社会」のウソ

とホント』（アン＝マリー・スロータ著、篠田真貴子解説、関美和訳、NTT出版刊、2017年）

『仕事と家族　日本はなぜ働きづらく、産みにくいのか』（筒井淳也著、中央公論新社刊、2015年）

『神童は大人になってどうなったのか』（小林哲夫著、太田出版刊、2017年）

『東大卒の女性　ライフ・リポート』（東京大学女子卒業生の会さつき会編、三省堂刊、1989年）

『東大生はなぜ「一応、東大です」と言うのか?』（新保信長著、アスペクト刊、2006年）

『東大卒でスミマセン「学歴ありすぎコンプレックス」という病』（中本千晶著、中央公論新社刊、2012年）

『内定とれない東大生「新」学歴社会の就活ぶっちゃけ話』（東大就職研究所著、扶桑社刊、2012年）

『ハウスワイフ2.0』（エミリー・マッチャー著、森嶋マリ訳、文藝春秋刊、2014年）

『リーン・イン　女性、仕事、リーダーへの意欲』（シェリル・サンドバーグ著、村井章子訳、日本経済新聞出版社刊、2013年）

RUPO TODAI JOSHI

Copyright © TOSHIMASA OTA 2018

Chinese translation rights in simplified characters arranged with GENTOSHA INC.

through Japan UNI Agency, Inc., Tokyo

图字：09-2021-0011号

图书在版编目（CIP）数据

东大女子/（日）太田敏正著；应婧超译. 一上海：
上海译文出版社，2022.4（2024.9重印）

（译文纪实）

ISBN 978-7-5327-8892-7

Ⅰ.①东…　Ⅱ.①太…　②应…　Ⅲ.①纪实文学—日
本—现代　Ⅳ.①I313.55

中国版本图书馆CIP数据核字（2022）第033718号

东大女子

［日］太田敏正 / 著　应婧超 / 译

责任编辑 / 张吉人　薛倩　　装帧设计 / 邵旻　　观止堂_未氓

上海译文出版社有限公司出版、发行

网址：www.yiwen.com.cn

201101　上海市闵行区号景路159弄B座

上海新华印刷有限公司印刷

开本890×1240　1/32　印张5　插页2　字数67,000
2022年4月第1版　2024年9月第2次印刷
印数：8,001—9,000册

ISBN 978-7-5327-8892-7/I·5500
定价：38.00元